Ungarn
Serbien
Bosnien-
Herzegowina
SARAJEVO
MOSTAR
MEDJUGORJE
Kroatien
SPLIT
Adria

Thomas Glavinic

Unterwegs im Namen des Herrn

Carl Hanser Verlag

2 3 4 5 15 14 13 12 11

ISBN 978-3-446-23739-1

Vorsatzgestaltung: Angela Kirschbaum, München
Satz: Greiner & Reichel, Köln
Druck und Bindung: CPI – Ebner & Spiegel, Ulm
Printed in Germany

Unterwegs im Namen des Herrn

1. Kapitel

Der erste Eindruck – Schüchtern im Reisebus – Äpfel und Postkarten – Aussteigen oder bleiben – Der Reiseleiter – Ingo wird laut – »Klo? – Einen halben Euro!«

Sechs Uhr früh ist eine Uhrzeit, die ich sonst nur von der anderen Seite her kenne. Dabei genieße ich es zu erleben, wie die Stadt aufwacht. Die Vögel singen, der Verkehr schwillt langsam an, die Luft ist nachtklar, es sind wenige Menschen auf der Straße. Aber im Moment bin ich für diese Idylle nicht so empfänglich wie sonst. Gerade habe ich mich am Westbahnhof abgehetzt, um eine für vierzehn Stunden Fahrt ausreichende Menge an Proviant aufzutreiben, nun sitze ich inmitten verschlafener Menschen in einem nicht mehr ganz neuen Reisebus, der mich und die anderen Pilger von Wien nach Medjugorje bringen wird, wo täglich die Muttergottes erscheint, an die ich leider nicht glaube.

Eigentlich wollte ich nach Lourdes fahren, aber da dauern sowohl Fahrt als auch Aufenthalt noch länger, und man muss es ja nicht übertreiben. Medjugorje ist vielleicht nicht so überfüllt, das war mein Gedanke, und – die Reise kostet inklusive Unterkunft und Verpflegung nur 260 Euro, Lourdes indes mehr als das Doppelte.

Ich sitze in der zweiten Reihe. Mit einigen Mitpilgern habe ich bereits auf dem Parkplatz ein paar Sätze wechseln können, und ganz geheuer sind sie mir noch nicht. Ein Umstand, dem ich keine große Bedeutung beimesse, weil es ihnen vermutlich umgekehrt nicht viel anders gehen wird und ich überdies ein schüchterner Mensch bin, was mir allerdings niemand glaubt. Mit verschränkten Armen werfe ich also diskrete Blicke auf die Leute, die sich grußlos an mir vorbei nach hinten schieben.

Da wäre zum Beispiel der Kappenmann. Er ist etwa achtzig. Scheint kein gebürtiger Österreicher zu sein, eher irgendwoher aus dem Osten zu stammen. Er hat einen stechenden Blick und murmelt vor sich hin. Hinter ihm tapst ein Mensch einher, der wie ein rustikaler Postangestellter aussieht. Es folgt ein Mann mit langen blauschwarzen Haaren wie sie Indianer tragen, zumindest habe ich mir Winnetous Vater Intschu-Tschuna immer so vorgestellt. Er isst eine Wurstsemmel und macht kein Geheimnis daraus. Dann ein Liliputaner mit einem Silberkreuz um den Hals, das fast seinen ganzen Oberkörper bedeckt. Oder ist es ein Zwerg und kein Liliputaner? Worin lag noch einmal der Unterschied?

Nach dem Liliputaner kommt eine stark gehbehinderte alte Frau, die Zentimeter für Zentimeter von einer dunkelhaarigen, sehr stämmigen Dame nach hinten geführt wird. Hinter ihnen bildet sich ein Stau. Vier Frauen blicken zu Boden, allem Anschein nach eine Mutter mit ihren Töchtern. Die Mutter ist Mitte sechzig, die Töchter um die dreißig, sie setzen sich in die Reihen neben Ingos und meiner. Ich nicke ihnen zu. Sie schauen schnell weg.

Eine entsetzlich schielende Frau mit dicker Brille gibt mir eine Postkarte aus Mariazell und einen Apfel. Sie teilt Äpfel und Ansichtskarten an alle Mitpilger aus, und ich beobachte, wie sie anschließend ihren leeren Rucksack umständlich verstaut und sich in die letzte Reihe setzt.

Ingo starrt die Karte an.

»Stimmt etwas nicht?«, frage ich.

»Das Foto habe ich gemacht!«

»Ja und?«

»Ich habe nie Tantiemen dafür gekriegt!«

»Wann warst du in Mariazell?«

»Bitte erinnere mich nicht daran.« Er beißt in den Apfel. »Schmeckt gut.«

»Du ISST den?«

»Na, wieso denn nicht?«

»Du weißt doch gar nicht, was die damit vorher gemacht hat!«

»Nichts Besonderes wohl. Isst du nie Äpfel?«

»Eigentlich nicht. Den hier jedenfalls nicht.«

Ingo schüttelt den Kopf und beißt noch mal krachend in den Apfel. Er hat einen Kampfkiefer, der jedem Nussknacker Ehre machen würde, es spritzt, kleine Stücke fliegen herum, es ist wie eine Mini-Detonation, die die vier Frauen auf der anderen Seite des Ganges noch starrer geradeaus blicken lässt.

Dass ich heute hier sein werde, weiß ich seit Wochen. Ich will sehen, welche Menschen Pilgerreisen unternehmen, und ich will erfahren, wie es auf einer solchen Reise zugeht. Ich will Menschen in ihrem Glauben erleben, vielleicht auch, weil ich sie irgendwo tief in mir darum beneide. Ich bin nicht gläubig, bin es nie gewesen, doch der Trost, den Menschen aus ihrem Glauben ziehen, fasziniert mich und nötigt mir manchmal die Frage auf, wieso er mir versagt bleibt.

Eine Pilgerreise zu unternehmen klang in der Theorie sehr aufregend, aber nun fürchte ich mich ein wenig. Ich hole eine Zeitung heraus und lege sie gleich wieder weg. Ich schiebe mir einen Travelgum in den Mund, damit mir nicht schlecht wird. Ich kontrolliere alle paar Sekunden, ob mein Handy noch da ist, ich suche zum dritten Mal meinen Reisepass, ich überlege, ob ich irgendetwas Wichtiges vergessen habe.

Ingo scheint meine Gedanken lesen zu können, er sagt schmatzend: »Noch können wir aussteigen.«

»Wir steigen nicht aus«, sage ich.

»Ich könnte mit dem eigenen Auto fahren. Ich könnte hinter euch herfahren. Dann könnte ich Musik hören und rauchen.«

Kurzes Schweigen, eine greise Frau schleicht an uns vorbei, ländlich gekleidet, hochgestecktes Haar, ihr Gesicht ist auffallend schön, eine alte Bäuerin auf dem Kirchgang.

»Weißt du, was mein schlimmster Alptraum ist?«, sagt Ingo. »Ich male mir das seit Wochen aus. Du hast Drogen dabei –«

»Ich habe keine Drogen dabei!«

»– du hast Drogen dabei, und sie fischen dich an der bosnischen Grenze raus. Ich versuche tagelang, dich freizubekommen, aber dann ruft Tanja an, es geht los, und um rechtzeitig im Kreißsaal zu sein, besorge ich mir ein Taxi, das mich direkt nach Wien bringt.«

»Das kostet 2000 Euro.«

»Du hast sicher keine Drogen dabei?«, fragt er.

»Sag mal, wie kommst du überhaupt auf so etwas?«

Ingo steckt sich die Kopfhörer seines iPods in die Ohren, schließt hinter der Sonnenbrille die Augen und lehnt sich zurück, als wolle er schlafen. Das würde ich auch gern, aber ich weiß, ich kann nicht, also mustere ich lieber unauffällig die Menschen, die weiterhin an mir vorbei nach hinten gehen.

Ich könnte mich täuschen, aber ich werde das Gefühl nicht los, dass die mich komisch ansehen. Besonders ein älterer Mann, dessen Akzent seine amerikanische Herkunft verrät, mustert mich eindringlich. Schon während des Wartens an der Haltestelle hatte ich den Eindruck, ihm aufzufallen. Er nimmt einige Reihen hinter mir Platz und stellt sich jemandem, den ich nicht sehe, als Jim vor.

Der Fahrer lässt den Motor an. Ich drehe mich um und werfe einen Blick auf die Versammlung meiner Mitpilger. Rasch bringt mich das Schlingern des Busses wieder in die korrekte Sitzposition. Ich mache mir eine Dose Kaffee auf und versuche geradeaus zu schauen, damit mir nicht schlecht wird. Mir ist schon als Kind im Bus immer schlecht geworden.

Die nächste Stunde sitze ich da und bringe es fertig, nur einen einzigen klaren Gedanken zu fassen, und der dreht sich um die Frage, ob Gott, wenn er existiert, jederzeit meine Gedanken liest. Ansonsten sitze ich einfach da, schaue auf die Straße und bin so schlau wie Gemüse. Kurz nach Zöbern bricht totale Ermattung über mich herein, und ich erwache gerade, als wir auf dem Parkplatz der Raststation Dokl in der Oststeiermark halten. Immerhin habe ich eine Dreiviertelstunde geschlafen.

Hier lernen wir unseren Reiseleiter kennen, der gleichzeitig Chef des Reisebüros ist. Auf den war ich gespannt, denn wenn man den Reiseunterlagen glauben darf, ist dies seine sechshundertfünfunddreißigste Fahrt nach Medjugorje. Dazu kommen zahllose Fahrten nach Lourdes und in andere Wallfahrtsorte, was in mir die Frage aufwirft, womit der Mann ansonsten seine Zeit verbringt.

Eine Weile beobachte ich ihn aus einigen Metern Entfernung, wie er die anderen Pilger begrüßt, ein wenig huldvoll, aber nicht unfreundlich. Alt ist er und groß, und wenn er geht, wackelt sein ganzer Körper ein wenig. Er hat ein wetterrotes Gesicht und eine knollige Nase, er ist hager und trägt eine Fischerjacke, in deren ungefähr zwanzig Taschen offenbar nicht das Geringste steckt.

Wir warten ab, bis die Menge um ihn kleiner wird, dann stellen wir uns vor. Während er Ingo und mir die Hand schüttelt, schaut er zur Seite, ich habe einen Moment lang das Gefühl, er sei unangenehm berührt. Aber wir sehen ja tatsächlich anders aus als die Pilger, die er normalerweise begleitet. Ingo ist fast zwei Meter groß und ziemlich breit, und er hat einen schwarzen Vollbart, der leider das nervöse Zucken unter seinem Auge nicht verbergen kann. Mit diesem Tick lebt er schon viele Jahre. Wenn man ihn nicht kennt, ist der Anblick durchaus irritierend. Daneben sieht der Reiseleiter mich, und einen viel besseren Eindruck mache ich offenbar auch nicht.

»Gehts alle aufs Klo!«, ruft der Reiseleiter. »Hier kostet es nichts, im Grazer Hauptbahnhof kostets einen halben Euro!«

Folgsam marschieren einige Pilger Richtung Raststation. Ich muss nicht aufs Klo, ob es nun gratis ist oder nicht, also drücke ich mich in der Nähe des Busses herum und kämpfe mit meiner Schüchternheit. Ingo schießt Fotos, auch er scheint nicht recht zu wissen, was er mit sich anfangen soll.

Nach und nach trudeln die Klogänger ein. Der Reiseleiter stößt einen schrillen Pfiff aus, und alles begibt sich zum Bus. Die Gehbehinderte hat natürlich erhebliche Schwierigkeiten, die hohen Stufen zu erklimmen, und ihre Begleiterin wirkt besorgt.

»Kann ich helfen?«, fragt Ingo.

»Na!« faucht ihn die Begleiterin an.

Ingo starrt vor sich hin, dann schreit er in meine Richtung los: »Die werde ich gleich packen und aus dem Bus schmeißen!«

»Vielleicht solltest du leiser sprechen«, raune ich ihm zu.

»Ich bin ja leise!«, ruft er.

Seltsamerweise scheint niemand etwas von dem Zwischenfall mitbekommen zu haben, und wir fahren weiter. Ich würde gern eine Runde schlafen, doch der Reiseleiter spricht zu uns, und das ist bestimmt wichtig und interessant. Außerdem geht von ihm etwas Lauerndes aus, etwas, was man als negative Ausstrahlung bezeichnen könnte, eine Art unterdrückte Aggression, und neben solchen Menschen kann ich mich schlecht entspannen. Aber vielleicht ist er auch nur müde oder hat andere Sorgen.

Über Lautsprecher stellt sich der Fahrer, ein gemütlich wirkender Endvierziger mit Schnauzbart, als Rudi vor: »I werd eich in die fünf Tag herumfahren.«

Der Reiseleiter nimmt ihm das Mikrophon weg und fragt: »Wer war noch nie in Medjugorje?«

Ich hebe die Hand.

»Sieben – zehn – zwölf«, sagt der Reiseleiter. »Ah, doch so viele.«

Bald darauf sind wir in Graz. Wir fahren über eine Brücke, dann halten wir in einer Nebenstraße, wo Rudi eine

Weile manövrieren muss, um den Bus in eine schmale Toreinfahrt zu bekommen. Ich frage mich, was wir hier wollen.

Rudi und der Reiseleiter steigen kommentarlos aus und verschwinden in einem Haus. Es vergehen fünf Minuten, zehn Minuten, ich trinke meinen Kaffee und werfe die leere Dose vorne in den Abfalleimer. Ich kann Ingos Augen hinter der Sonnenbrille nicht gut erkennen, aber er wirkt apathisch. Jim der Amerikaner scheint mit jemandem in eine theologische Debatte verstrickt zu sein. Nachdem ich mich wieder hingesetzt habe, höre ich ihn sagen:

»It's Adam and Eve, not Adam and Steve!«

Wir warten weitere fünf Minuten. Als die ersten Pilger zu überlegen beginnen, ob sie aussteigen dürfen, schleppen Fahrer und Reiseleiter riesige Säcke herbei, die sie in den Kofferraum heben. Sie steigen ein, als wäre nichts gewesen, und wir fahren weiter.

Ich hüte mich, eine Frage zu stellen. Vielleicht sind es Leichen, die sie da unten entsorgen wollen? Raffiniert wäre das schon. Wer sucht schon im Pilgerbus nach zerstückelten Mordopfern?

Am Grazer Hauptbahnhof machen wir wieder halt, um weitere Pilger abzuholen. Der Reiseleiter deutet in Richtung Toilette, weist uns jedoch mit brüchiger Greisenstimme darauf hin, dass es hier einen halben Euro kostet. Jetzt müsste ich, aber ich bin zu kaputt, um mich aus dem Sitz zu erheben. Ich achte kaum darauf, wer einsteigt, wie die Leute aussehen, was sie reden, zuweilen dringen Satzfetzen zu mir durch.

Eine Erinnerung aus meiner Kindheit steht plötzlich vor mir, nicht klar, nicht detailreich. Ich gehe mit meiner Großmutter spazieren, und sie erzählt mir die Jesusgeschichte. So nannten wir sie: die Jesusgeschichte. Ich weiß nicht mehr, was genau der Inhalt war, ich weiß nur, dass ich sie immer wieder hören wollte, jeden Nachmittag, während wir über verschneite Feldwege gingen, ich da und dort trockene Zweige abriss oder Schneebälle formte, um sie auf ein beliebiges Ziel zu werfen. Sie erzählte mir jeden Tag diese Geschichte von einem bemerkenswerten Mann, und sie erzählte sie mit einer Wärme und Gewichtigkeit, die ich heute noch nachempfinden kann, wenn ich daran denke. Ich erinnere mich nicht, sie oft von Gott sprechen gehört zu haben, doch die Jesusgeschichte hörte ich regelmäßig, bis meine Großmutter starb. Danach las ich von Gott und Jesus nur noch in Zeitschriften und Büchern.

2. Kapitel

Die Pilgerpässe – Botschaft der Gospa – Ingo stellt sich schlafend – Erweckungserlebnisse – Der Rosenkranz – Es gibt Würstel!

In Leibnitz, etwa zwanzig Kilometer vor der slowenischen Grenze, steigen weitere Pilger zu, und damit sind wir vollständig. Der Reiseleiter nimmt sich wieder das Mikrophon.

»Ich werde jetzt die Pilgerpässe und eine Botschaft der Gospa verteilen. Ich sag die Namen, der Besitzer meldet sich, dann bring ich ihm die Sachen. Die Pilgerpässe hängts euch bitte um, damit man den Namen sieht. Vorher noch eine Kleinigkeit: Während der Pilgerreise wollen wir uns als Brüder und Schwestern im Glauben begegnen und uns duzen. Und dann muss in Slowenien Rosenkranz gebetet werden, da brauchen wir einen Vorbeter oder eine Vorbeterin. Könnts euch schon überlegen, wer von euch will.«

Wir wollen was? Rosenkranz? Vorbeter? Botschaft von wem? Ich schaue zu Ingo zurück, der nickt nur, und unter seinem Auge zuckt es.

Ich denke darüber nach, dass der Reiseleiter nie von beten spricht, er sagt immer »betten«. »Vorbetten«. »Vorbetter«. »Es muss Rosenkranz gebettet werden.« Das gefällt mir sehr.

Lange dauert es nicht, da höre ich meinen Namen. Der

Reiseleiter schaut über mich hinweg, als er mir den Pilgerpass und einen losen Zettel reicht.

Der Pilgerpass ist eine Art Visitenkarte, an die eine Schnur befestigt ist. Neben einem Bild der Jungfrau Maria steht mein Name. Auf dem Zettel ist links das Logo des Reisebüros, rechts ebenfalls das Bild der Jungfrau zu sehen, und über dem Bild der Muttergottes findet man kleingedruckt die genaue Anschrift des Reisebüros. Unter der Überschrift »Botschaft der Königin des Friedens in Medjugorje« steht:

Lieber Thomas,
Von neuem rufe ich dich auf, mir mit Freude zu folgen. Ich möchte euch alle zu meinem Sohn und eurem Erlöser führen. Bist du dir nicht bewusst, dass du ohne Ihn weder Freude noch Frieden und keine Zukunft, sowie kein ewiges Leben hast. Deshalb, mein lieber Thomas, nutze diese Zeit des frohen Gebetes und der Hingabe.
Danke, lieber Thomas, dass du meinem Ruf gefolgt bist.

Darunter, kleiner gedruckt:

Botschaft der Gospa an Mirjana, am 2. August 2010
Liebe Kinder!
Heute lade ich euch ein gemeinsam, mit mir, zu beginnen, das Himmelreich in euren Herzen zu errichten, zu vergessen, was für euch persönlich ist und, durch das Beispiel meines Sohnes geleitet, an das zu denken, was Gottes ist. Was erwartet er von euch? Erlaubt Satan nicht, euch die Wege des irdischen Wohlergehens zu öffnen, die Wege ohne meinen Sohn. Meine Kinder, sie sind trügerisch und von kur-

zer Dauer. Denn mein Sohn existiert. Ich biete euch ewiges Glück und den Frieden, die Einheit mit meinem Sohn, mit Gott. Ich biete euch das Reich Gottes. Ich danke euch.

Am österreichischen Grenzübergang gibt es keinen längeren Aufenthalt. Als wir kurz hinter einem anderen Bus zu stehen kommen, klebt Rudi ein riesiges Muttergottesbild vorn auf die Windschutzscheibe. Hinter mir sind seltsame Geräusche zu hören, es klingt, als hätte sich jemand verschluckt.

Im Niemandsland zwischen Österreich und Slowenien machen wir Toilettenpause. Der Reiseleiter treibt uns bald wieder mit einem schrillen Pfiff zusammen und fragt schon in kleiner Runde an der Tür, wer sich zum Vorbetten meldet. Alle steigen stumm und mit gesenktem Kopf ein.

Während wir im Bus auf Nachzügler warten, greift der Reiseleiter zum Mikrophon.

»An dieser Grenze ist es gewesen, da hat eine Pilgerin einmal eine Erweckung gehabt. Genau da drüben war es. Sie war eine Zweifelnde und Suchende. Sie ist neben mir gestanden. Plötzlich packt sie mich am Arm und sagt: ›Du, ich spüre etwas, und ich möchte wissen, spürst du es auch?‹ Na, ich hab nichts gespürt und ihr das auch gesagt. Sie ist fünf Minuten dagestanden, dann ist sie in Tränen ausgebrochen. Einen Monat später war sie Ordensschwester.«

»Jööööh«, sagt die schöne alte Bäuerin verzückt.

»Wow«, ruft Jim der Amerikaner und klatscht.

»Sie hat zu mir gesagt: ›Eigentlich muss ich nicht mehr mitfahren, denn ich weiß alles, was ich wissen wollte. Aber aus Dankbarkeit fahre ich mit.‹ Schwester Antonia heißt sie jetzt. Vergangenes Jahr war sie zum fünfundzwanzigsten Mal unten.«

Der alte Kappenmann steigt ein und versucht mit dem Reiseleiter ein persönliches Gespräch zu beginnen, wird von diesem jedoch schroff nach hinten gescheucht.

Wir rollen auf den slowenischen Grenzposten zu. Ein vollbärtiger Beamter winkt uns durch. Rudi steuert den Bus wieder auf die Autobahn, und der Reiseleiter gibt über Mikrophon bekannt, dass in Slowenien immer der Rosenkranz gebettet werden muss, weswegen wir jetzt sofort den Vorbetter brauchen.

Schweigen. Auch die vier Frauen neben mir schauen aus dem Fenster.

»Einen brauchen wir. Herr Thomalla! Ach so, Entschuldigung, Domweber. Nicht? Frau Josefa? Bitte, Frau Josefa!«

Schweigen. Der Reiseleiter steht im Gang und wirft durchdringende Blicke auf die Pilger.

»Herr Ludwig? Ach so, Leo, Entschuldigung. Herr Leo, doch! Kommen Sie! Nein? Herr Jim? No?«

Stille. Der Reiseleiter starrt nach hinten.

»Gar niemand? Einer muss doch. Frau Andrea, Sie können das. Aber sicher! Ach so, Anna! Am Anfang hab ich immer die Namen noch nicht so intus.«

Stille. Der Reiseleiter starrt nach hinten.

»Herr Stefan? Resi? Die Resi vielleicht diesmal? Ach so, Rosi, meiner Seel.«

Zwei, drei, vier Minuten unerträgliche Stille. Die Szene wird immer bizarrer. Seit fünf, seit sechs, seit sieben Minuten steht der Reiseleiter vor uns, der Bus wackelt, der Reiseleiter wackelt, der alte Reiseleiterkopf wackelt bekräftigend auf und ab, die dürren Hände krümmen sich zu einem flehenden Bittebitte um das Mikrophon. Wieder und wieder machen diese greisen Hände bitte-bitte. Bitte-bitte, bitte-bitte, bitte-bitte. Und der Kopf nickt: Ja! Ja! Ja! Oja! Und mir fällt plötzlich auf, dass er sich nur zwei Namen problemlos gemerkt hat: Thomas und Ingo.

Nachdem eine weitere lange Minute vergangen ist, verändert sich etwas an seiner Miene. Er fixiert jemanden, das merke ich. Er sagt nichts, schaut aber eine Person im hinteren Teil des Busses unverwandt an. Dabei geht der Kopf begütigend auf und ab, ja, oja, bitte-bitte. Es sieht so grotesk aus, dass ich nicht einmal einen Schluck Wasser nehmen kann, weil ich am Wackelgesicht des Reiseleiters hänge, dessen Blick irgendjemanden hinter mir gnadenlos durchbohrt. Wenn ich seinen Ausdruck beschreiben müsste, würde ich sagen, er will dieses Gebet trinken, er muss es haben, unbedingt, sonst verhungert oder verdurstet er auf der Stelle.

»Ja, kommen Sie! Erwin. Sehr gut. Aber jetzt schnell!«

An mir vorbei taumelt der Postangestellte nach vorne, in der Hand einen Rosenkranz. Er bekommt das Mikrophon und muss sich in die erste Reihe setzen. Er und der Reiseleiter wechseln ein paar Worte, der Postangestellte fragt etwas, der Reiseleiter sagt: »Wie du willst.«

Ringsum werden Rosenkränze gezückt, und der Postmann beginnt, in das Mikrophon zu beten. Die übrigen Pilger wiederholen den Refrain. Es klingt wie ein Hexenchor. Ich drücke mich in meinen Sitz, so tief ich kann.

Der Vorbeter betet wie ein ungebildeter Mensch, der laut und holprig aus der Zeitung vorliest. Er spricht die Worte überkorrekt aus, »Frauen« sind bei ihm »Frau-een«, »Erden« ist »Erd-een«, »Bösen« ist »Böö-seen«. Ich versuche wegzuhören, was natürlich unmöglich ist, weil das Gemurmel fortwährend an mich heranschwappt.

Ich fühle mich exponiert und ertappt. Ich weiß nicht einmal, was diese Kette, die die Pilger in der Hand halten, darstellen soll. Ich weiß, dass sie Rosenkranz genannt wird und dass es ein gleichnamiges Gebet gibt, aber den Hintergrund kenne ich nicht. So früh wollte ich eigentlich nicht negativ auffallen. Ich kann nur hoffen, dass niemand durch den Bus marschiert und die Enthüllung meiner Glaubensferne wenigstens einstweilen den eisig blickenden Frauen neben mir vorbehalten bleibt.

Eine Viertelstunde vergeht, eine halbe Stunde vergeht. Eine Stunde vergeht, eineinhalb Stunden vergehen. Der Bus schaukelt uns über die slowenische Autobahn, und die Leute hören nicht auf zu beten. Ich drehe mich zu Ingo um. Er wirft mir einen ratlosen Blick zu.

Es wird bis zur slowenisch-kroatischen Grenze gebetet. Der Reiseleiter meinte es wörtlich, als er sagte, in Slowenien muss gebetet werden, er sagte: In GANZ Slowenien muss gebetet werden. Ich werde den Verdacht nicht los, dass der Fahrer das Tempo dem Gebet angepasst hat, damit sich die unzähligen Wiederholungen dieser Litanei bis zur Grenze genau ausgehen. Keine schlechte Leistung, wenn man bedenkt, dass wir hier über eine Strecke von geschätzten hundertfünfzig Kilometern sprechen.

Der Bus vor uns am slowenischen Grenzübergang fährt gerade weiter, als wir hinter ihm halten, und so sind wir gleich an der Reihe. Eigentlich würde ich, wie auch der Kappenmann und Intschu-Tschuna, gern an die frische Luft, aber der Reiseleiter wehrt uns mit einer herrischen Geste ab, setzt seinen Bauernhut auf, steigt aus und hält dem Zöllner irgendwelche Zettel unter die Nase. Wir setzen uns wieder.

Im Bus herrscht erschöpfte Stille. Die Frauen neben mir schieben sich Brot in den Mund und trinken Wasser dazu.

Ingo beugt sich zu mir nach vorn. »Was war denn das bitte? Dachte schon, das hört gar nicht mehr auf. Ich brauche was zu essen. Ich drehe durch, wenn ich nicht bald was zu essen kriege.«

Der Zöllner kommt in den Bus und kontrolliert unsere Pässe. Nach kaum fünf Minuten ist er fertig. Der Reiseleiter steigt ein, und wir rollen weiter zu den kroatischen Kollegen, wo sich diese Prozedur wiederholt. Auch hier gibt es keine Schwierigkeiten. Ich muss sowieso keine Angst haben, denn entgegen Ingos Verdacht habe ich nichts bei mir außer einer Schachtel Xanor und drei oder vier Amphetamintabletten.

»Ich muss jetzt durchfragen, wer ein Würstel will. Ich schreib mit. Bei der nächsten Rast gibt sie Rudi unten in den Kessel, bei der übernächsten essen wir. Es sollen jetzt mal alle aufzeigen, die keine wollen.«

Offenbar zeigen viele auf, denn der Reiseleiter wirkt beleidigt.

»Wer soll dann all die Würstel essen?«

»Ich nehme zwei Paar«, sage ich zaghaft.

»Ich auch!«, ruft Ingo.

»Ihr nehmts zwei, in Ordnung«, sagt der Reiseleiter, ohne uns anzusehen. »Was ist mit euch?«, fragt er die Frauen neben uns.

»Es ist Mittwoch«, lautet die knappe Antwort.

»Für Pilger gibt es Dispens!«, sagt der Reiseleiter und hebt den Zeigefinger.

»Danke, wir brauchen nichts«, sagt die Mutter, und die Töchter nicken, den Blick starr geradeaus gerichtet.

Während der Reiseleiter nach hinten wackelt, um die Würstelwünsche zu notieren, flüstere ich nach hinten: »Was ist mit dem Mittwoch?«

»Keine Ahnung«, flüstert Ingo zurück. »Ich habe aufgepasst, sie nehmen nichts als Wasser und Brot zu sich.«

Ich bemühe mich, wieder eine Weile geradeaus zu schauen, denn mein Magen fühlt sich ein wenig flau an. Das wird nicht besser, als mir der Reiseleiter die Sicht versperrt. Er lehnt sich vor mir gegen den Sitz und hebt zur nächsten Durchsage an.

»Ich habe hier in meinem Hut die Namen von uns allen. Es ist ein guter Brauch, dass jeder von uns einen Namen zieht und im Stillen für diese Person jeden Tag ein Vaterunser spricht, solange die Pilgerfahrt dauert. Wollt ihr das?«

»Jööööh«, sagt die alte Bäuerin.

Die vier Frauen neben mir nicken eifrig. »Ja! Eine gute Idee!«

Auch im hinteren Teil des Busses macht sich Zustimmung breit.

»Gut, dann komme ich jetzt zu euch, und jeder zieht.«

Ich starre in einen Hut voller zusammengefalteter Zettel. Verschiedene Gedanken jagen durch meinen Kopf. Ich weiß nicht einmal, wie ein Vaterunser geht. Abgesehen davon werde ich ganz bestimmt sowieso nicht beten. Aber muss ich das jetzt gleich sagen, um zu gewährleisten, dass keiner der Pilger auf seine geistige Unterstützung verzichten muss? Ich will ja niemanden vor den Kopf stoßen, ich will nur dabei sein und schauen und mir selbst ein paar

Fragen stellen. Ich schaue in den Bauernhut, und mir fällt nichts anderes ein, als zuzugreifen.

»Nimmst du einen Zettel für Ingo?«, fragt der Reiseleiter.

Ich drehe mich um. Um der Ziehung zu entgehen, hat der sich Lump blitzartig schlafend gestellt. Während ich seinen Zettel aus dem Hut fische, muss ich ein schadenfrohes Grinsen unterdrücken.

Der Reiseleiter wandert nach hinten, und ich lese die beiden Namen. Für mich habe ich den Liliputaner gezogen, für Ingo die Fundamentalistenmutter neben mir. Wenn jemand hier das Ausfallen eines Gebets verkraftet, dann sie, denn sie wirkt sehr gefestigt. Um den Liliputaner mache ich mir da etwas mehr Sorgen, und so vertausche ich die beiden Zettel. Nun habe ich die Fundamentalistenmutter, der Liliputaner wird Ingos Schützling.

»Wolltest du dich nicht auf das Ganze hier einlassen?«, flüstere ich nach hinten.

»Was?«

»Du hast gesagt, du wirst offen auf alles zugehen, was du auf der Pilgerreise erlebst. Hier, nimm deinen Zettel!«

Er zeigt mir den Mittelfinger und wirft sich seine Jacke über den Kopf.

Der Reiseleiter wackelt wieder herbei.

»Ich zeige euch jetzt das Video von der Radpilgerfahrt nach Medjugorje. Seit Jahren unternimmt mein Neffe diese Tour mit zehn bis fünfzehn Pilgern, da sind sie eine Woche unterwegs, und das ist immer für alle ein besonderes Erlebnis. Rudi, die Kassette starten.«

Auf dem kleinen Bildschirm über der Windschutzscheibe erscheint kein Film, wie ich es erwartet hätte, sondern eine Fotoserie. Fröhliche Radmenschen auf der Landstraße, auf Parkplätzen, vor Kirchen, beim Essen, in karger Landschaft und vor Pensionen mit Blumenkästen an den Fenstern. Das Ganze ist ungelenk zusammengestellt, und die Bilder haben nicht gerade eine famose Qualität, worüber ich mich gar nicht beklagen möchte, denn fotografieren kann ich selber nicht. Mich überfordert eher, dass dazu abwechselnd dröhnend laute Volksmusik gespielt wird und eine Panflötenversion von »Don't cry for me, Argentina«.

Das geht so dahin bis zu einer Raststation nahe Zagreb. Ich bin als erster draußen aus dem Bus, stürme in den Shop und verlange schwarzen Kaffee. Ein Sandwich bestelle ich dazu und danach noch eines, zusammen mit einem doppelten Loza, denn wer weiß, ob ich mir mit diesem verdächtig aussehenden Thunfischaufstrich nicht den Magen verderbe.

Eine Weile steht Ingo neben mir. Wir wechseln Blicke. Er hat rote Flecken auf der Stirn. Ich deute auf die Schlange der Mitpilger vor der Toilette und nicke. Er nickt auch. Wir wissen wahrscheinlich beide nicht, warum.

Ich komme gerade rechtzeitig zum Bus zurück, um zu hören, wie der Reiseleiter dem Rest der Schar empfiehlt, hier aufs Klo zu gehen: »Bei der nächsten Station kostets fünfzig Cent, hier nur dreißig.«

Ich sehe zu, wie Rudi Würstel in einen mächtigen Kessel legt, der im Kofferraum steht. Der Kappenmann kommt herbei und verlangt nach einem Bier aus dem Vorrat neben dem Wurstkessel.

»Aber das ist doch warm! Das muss ich erst kühlen! Oben hab ich kalte!«

»Nein, ich will ein warmes.«

Der Kappenmann kauft dem sichtlich angewiderten Rudi ein warmes Bier ab, das er in einer erstaunlichen Geschwindigkeit austrinkt. Ich vertrete mir abseits die Beine, wobei ich mich bemühe, im Schatten der Bäume zu bleiben, die den Parkplatz säumen, denn es hat weit über dreißig Grad. Meine Bewegungen sind etwas unbeholfen, weil ich zum ersten Mal seit langer Zeit Gymnastik mache. Ich bin einfach nur dankbar, im Freien zu sein.

Der Reiseleiter pfeift schrill, und alle traben zu ihm. Zwei Minuten später schaukelt der Bus wieder über die Autobahn. Ich muss ständig an die Würstel im Gepäckraum denken. Der Diavortrag ist allerdings noch nicht zu Ende.

»Die Frau, die ihr da hinten rechts seht, die war Volleyballerin! Hat gut gespielt, bei einem Verein, sogar im Nationalteam, und in einer Bank gearbeitet hat sie auch. In Medjugorje hat sie den Ruf empfangen, und vorletztes Jahr ist sie in ein Kloster in der Nähe von Salzburg eingetreten.«

»Jööööh«, tönt es von hinten.

»Und der da links, der Junge, Starke, der ist auf einer späteren Pilgerfahrt gestorben. Ganz friedlich ist er eingeschlafen und heimgeholt worden. Da kann man schon sagen, das ist eine Gnade. Nicht der Zeitpunkt, aber der Ort. Ja, wir wissen halt alle nicht, wann der andere Ruf kommt, den kann auch ein Junger hören.«

Mir kommt es vor, als würde er mich mit einem Blick streifen. Er redet weiter, doch ich höre nicht mehr zu. Diese Sache mit dem Ruf, die gefällt mir nicht. Im Gegenteil, die Aussicht auf einen Tod in Medjugorje macht mir eine Heidenangst. Vom Sterben halte ich sowieso nicht viel, aber sollte mir das da unten passieren, würde irgendeiner meiner Freunde bei der Trauerfeier garantiert loslachen. Ich habe keine Lust, dass es später auf meinem Grabstein heißt: »Geboren in Graz, gestorben in Medjugorje«. Auf die Gnade kann ich verzichten.

Während ich zu den inzwischen vertrauten Panflötenklängen Bilder von Radkameraden betrachte und Worte wie »Erscheinungsberg« und »Kreuzberg« und »Pater Slavko« fallen, denke ich immer ernsthafter über dieses Thema nach. Ich hatte schon bei meinem ersten Besuch in Neapel fürchterlich Schiss, weil ich dauernd an den Spruch »Neapel sehen und sterben« denken musste. Und jetzt als Ungläubiger im Wallfahrtsort, gezeichnet vom Exzess – der Teufel schläft nicht.

Ich setze die Kopfhörer auf, höre Musik, doch die Gedanken lassen sich nicht verbannen. Ich überlege, ob ich eine Xanor in Griffweite habe oder ob die im Koffer liegen. Aber wäre das vernünftig? Würde ich damit nicht dem bösen Schicksal in die Hände spielen?

Auf dem Höhepunkt meines inneren Konflikts fährt der Bus erneut auf einen Rastplatz, und Rudi verkündet, dass es jetzt Würstel gibt. Ingo stürzt an mir vorbei ins Freie. So vernimmt er nicht mehr die Ansprache des Reiseleiters, der darum bittet, einige von uns mögen beim Austeilen von Würsteln, Brot, Ketchup und Senf helfen.

Draußen finden die meisten Pilger zu kleinen Gruppen zusammen. Es ist heiß. Rudi baut einen Tisch auf, der Reiseleiter steht daneben und gibt Anweisungen. Der alte Kappenmann geht Rudi zur Hand. Ohne viel nachzudenken, lege ich Pappteller auf den Tisch und beginne damit, Ketchup und Senf auszuteilen. Eine resolute Pilgerin, deren Gesicht ich sofort wieder vergesse, kümmert sich neben mir um Besteck und Brot, und Rudi legt die Würstel auf die Teller, die ich ihm reiche. Die hungrige Schar drängt heran. Jim der Amerikaner wirkt skeptisch, greift dann aber doch zu. In einer Atempause erkenne ich, dass Ingo mich meuchlings mit einer gigantischen Ketchupflasche in der Hand fotografiert.

Als sich der erste Ansturm gelegt hat, nehme ich mir mein Paar Würstel. Ingo hat seines schon fertig gegessen und wartet mit einem feinsinnigen Lächeln darauf, dass ich ihn weiter bediene. Ich teile an uns beide aus, wir verschlingen unser zweites Paar binnen einer Minute und eilen Richtung Tankstellencafé. Auf dem Weg entdecken wir die vier Fundamentalistinnen, die sich auf der anderen Seite des Busses von der Gruppe abgesondert haben, ihr Brot kauen und verstohlen nach links und rechts schauen.

»Wem aus diesem Bus würdest du am ehesten einen Mord zutrauen?«, frage ich.

»Dir.«

»Du und ich zählen nicht!«

»Dann muss ich überlegen.«

Ich organisiere zwei Tassen Kaffee plus jede Menge eiskaltes Mineralwasser, und wir setzen uns im Schatten der Tankstelle an einen Tisch neben dem Eingang zur Toilette. Auf diese Weise ziehen wir die Blicke unserer Mitreisenden auf uns, die unterwegs zu den Waschräumen sind. Anfangs mag ich mich ja noch getäuscht haben, aber jetzt wird definitiv über uns getuschelt. Ich frage mich, ob die uns für schwul halten.

»Hast du mitgekriegt, dass der mit der Kappe schon zum dreißigsten Mal runterfährt?«, fragt Ingo und tritt seine Zigarette auf einer herumliegenden Seite aus einer österreichischen Zeitung aus.

»Da könnte ihn der Alte aber ein wenig freundlicher behandeln.«

»Es sind einige Veteranen dabei. Und die Gehbehinderte hat sich aus Argentinien einfliegen lassen. Sie war in Lourdes, in Mariazell, jetzt fährt sie nach Medjugorje, und das alles innerhalb von drei Wochen. Achtzehn Stunden im Flugzeug, hier vierzehn im Bus, keine Ahnung, wie viele nach Lourdes.«

Ich bin zu faul, um nachzufragen, wann genau Ingo an all diese Informationen gekommen ist. Eine Weile gebe ich mich meinen Gedanken hin und versuche zu ergründen, wohin in mir all die Flüssigkeit verschwindet, zumal ich fast nie aufs Klo muss, und als ich zu dem Schluss komme, dass es womöglich am Schwitzen liegt, merke ich, dass ich aufs Klo muss.

Auf dem Rückweg besorge ich eine FAZ und zwei weitere Tassen Kaffee. Als ich an den Tisch komme, stehen da aber schon zwei, die Ingo geholt hat. Ich schlage die Zeitung auf. Der Reiseleiter geht vorbei und nickt uns verkniffen zu.

»Warum schaut der immer so?«, fragt Ingo. »Schaut der immer so?«

Ich lese die Zeitung von vorne nach hinten. Erst Politik, dann Chronik, dann Sport, die Wirtschaft lasse ich aus.

»Na, sieh an«, sage ich, »wusstest du, dass heute Nacht der Perseidenschauer über uns niedergeht?«

»Was heißt das?«

»Dass heute ab 22 Uhr 30 mit vielen Sternschnuppen gerechnet wird, falls der Himmel klar genug ist.«

Eine Viertelstunde vergeht. Niemand sagt etwas. Die Autos rauschen über die Autobahn, ab und zu hält ein Bus.

Beinahe könnte ich mich wohl fühlen hier im Schatten, aber ich weiß, ich habe nicht einmal die Hälfte der Fahrt hinter mir, und dann komme ich nicht in irgendeinem mondänen Küstenstädtchen an, sondern in einem bosnischen Wallfahrtsort. Dennoch entspanne ich mich von Minute zu Minute mehr, ich sinke in jenen herrlichen Halbschlaf, von dem man weiß, dass er nicht erlaubt ist und gleich unterbrochen werden wird.

Kurz darauf gellt der Pfiff des Reiseleiters. Ich schrecke hoch. Ingo packt gerade seine Kamera ein. Der Postangestellte kommt mit einem Teddybären aus dem Shop an uns vorbei. Ich frage ihn, ob der Bär für ihn ist. Leider kommt der Scherz nicht an, und er zeigt mir auf dem Weg zum Bus ein wenig beleidigt ein Foto von seiner Tochter. Hinter mir höre ich das Klicken von Ingos Kamera.

3. Kapitel

Misstrauen des Reiseleiters – Radio Maria – Die Bedeutung der Beichte – Das Heiligenvideo – Ingo apathisch – Der Tod des Paters Slavko – Vor uns der Staub von Medjugorje

Gleich nachdem wir losgefahren sind, geht der Reiseleiter durch, um für die Würstel zu kassieren. Ich gebe ihm das Geld.

»Und das Wasser?«

»Welches Wasser?«

»Hast du kein Wasser gehabt?«

»Doch, aber das war mein eigenes.«

»Und was ist das da?«

»Das ist frisch, das habe ich gerade im Shop gekauft …«

»Na, ist ja in Ordnung, ich hab nur gefragt.«

Ich habe den Eindruck, er ist nicht wirklich überzeugt, er hält mich ohne weiteres für fähig, ihn um zwei Euro zu prellen. Ich versuche, diesen falschen Eindruck von mir durch begütigende Worte zu korrigieren, doch da wackelt der Reiseleiter schon mit seinem zerschlissenen Geldbeutel weiter nach hinten. Ich erhasche einen Seitenblick von einer der Fundamentalistentöchter. Ich drehe mich zu ihr hin und lächle sie an. Sie schaut weg.

Zu meiner Erleichterung hat die Radtour-DVD einen Defekt. Alle Versuche Rudis, sie wieder in Gang zu bringen, scheitern. Das Bild steckt fest. Zu sehen ist ein großes Kreuz auf einem weiten Feld.

»Na, macht nichts«, sagt der Reiseleiter. »Vielleicht kann man das ja auch als Zeichen auffassen. Denn wissts ihr, das ist eines jener Kreuze dort, in die ein Stück vom Originalkreuz Christi eingelassen wurde.«

Es wird still im Bus.

»Es gibt mehrere dieser Kreuze in der Gegend. Seit acht Jahren stehen sie da mit dem Stück vom Kreuz Christi, und die Bauern in der Gegend sagen, seither hams auf den Feldern keinen Hagel ghabt.«

»Jööööh!«

»Oh Wow!«

»Na, macht nichts. Ich spiel euch jetzt eine Aufnahme von Radio Maria vor, in der Pater Slavko spricht. Pater Slavko, das kann man sagen, war die Seele der Gemeinde von Medjugorje, und bei meiner dreihundertsten Fahrt runter hat er eine Messe gelesen und mich gesegnet, mich und alle Pilger, die noch mit mir kommen werden. Er hat also auch euch gesegnet.«

»Jöööööh.«

»Wow.«

»Am selben Nachmittag ist er tot umgefallen. Um halb zwei hab ich noch mit ihm geredet, um halb vier war er tot. In der Sendung spricht er. Hörts gut zu!«

Ich horche auf. Gesegnet bin ich noch nie worden, zumindest kann ich mich an nichts Derartiges erinnern, wenn man den Segen Urbi et orbi ausnimmt, den ich Johannes Paul II. einmal zu Ostern erteilen sah und von dem es dann laut Kommentator der österreichischen Übertragung hieß, er gelte diesmal auch für all jene, die über das Fernsehen dabei seien. Ich frage mich, was die Segnung dieses toten Priesters für die Menschen rund um mich bedeutet. Und hat er mich damit auch gemeint? Bin ich ein Pilger? Eigentlich bin ich ja nur jemand, der mit Pilgern unterwegs ist. Oder ist man da automatisch ein Pilger?

Es folgt eine Sendung von »Radio Maria«, bei der Rudi und der Reiseleiter aus den alten Boxen alles herausholen. Zu Beginn hört man irgendwelche berühmten Glocken läuten, zumindest glaube ich das verstanden zu haben. Ein Sprecher sagt etwas dazu, dann folgen für eine Weile Gospelkantaten. Schließlich stellt der Moderator Pater Slavko als seinen Gast vor und kündigt an, sie würden über die Bedeutung der Beichte sprechen und Anrufe von Zuhörern entgegennehmen.

Ich habe die Augen geschlossen. Der Bus wiegt mich im Halbschlaf. Trotz der Klimaanlage schwitze ich stark, hinter meiner Stirn pocht es. In diesem Dämmerzustand höre ich, wie notwendig es sei zu beichten, wie wichtig es sei, alles zu bekennen, auch die kleinste Sünde, und keine Tat für zu geringfügig für die Beichte zu halten, weil sich die Menschen sonst zu Gott aufschwingen würden. Zeit dehnt sich, Zeit vergeht, irgendwie.

Ich öffne die Augen. Pater Slavko spricht nach wie vor aus dem Radio. Alles lauscht andächtig. Ingo liegt schlafend, ohnmächtig oder tot über seine beiden Sitze ausgestreckt, in seinen Ohren stecken Kopfhörer. Ich stehe auf und tippe dem Reiseleiter auf die Schulter, der ebenfalls auf die Sendung konzentriert ist, obwohl er sie bestimmt schon dreihundertmal gehört hat.

Er schaut mich über die Schulter hinweg an. Ich mache das internationale Zeichen für Trinken. Er nickt, ohne mich anzusehen, kramt ein Mineralwasser aus dem Kühlfach, und als er sich mit seinen eckigen Greisenbewegungen zu mir umdreht, halte ich ihm die Münzen bereits entgegen.

Um ihn vielleicht doch noch von meinen ehrlichen Absichten zu überzeugen, gebe ich ihm ein großzügiges Trinkgeld. Er steckt es schnell ein und versinkt gleich wieder in den Ausführungen Pater Slavkos. Auf dem Weg zurück zu meinem Platz sehe ich, wie Intschu-Tschuna in eine Schnitzelsemmel beißt.

Mittlerweile geht es um Abtreibung. Ich höre, dass Frauen, die ihr Kind abtreiben, damit eine entsetzliche Sünde begehen, von der sich offenbar nicht ganz klar sagen lässt, wie ihr bei der Beichte zu begegnen ist. Ich höre Worte wie Buße, Gebet, Verdammnis, ich weiß nicht, wer sie spricht, der Moderator oder Pater Slavko. Vielleicht bilde ich mir das alles auch nur ein, womöglich bin ich schon verrückt geworden, befinde mich im Fegefeuer, bin vielleicht selbst ein abgetriebenes Kind.

Ungefähr eineinhalb Stunden verbringe ich dösend. Die ganze Zeit rumort es hinter meinen Schläfen, und die ganze Zeit über beschallt mich Radio Maria. Schließlich wird es doch noch ruhig, und ich stelle fest, dass wir auf einen Parkplatz rollen.

Ich stehe auf und strecke mich. Ingo liegt mit offenen Augen da und starrt mich an. Ich verkneife mir jeden Kommentar. Es gibt auch nichts zu sagen.

Kaum sind wir ausgestiegen, saust Ingo zum Tankstellenshop. Ich gehe aufs Klo. Als ich herauskomme, treffe ich Ingo vor dem Gebäude, rauchend und verstört.

»Die verkaufen mir nichts!«

»Wieso nicht?«

»Weil ich keine Kuna habe! Und sie nehmen weder Euro noch Karte!«

Er wirkt ziemlich aufgelöst, und ich nehme an, er hat sich entweder nicht richtig ausgedrückt oder danebenbenommen. Ich mache mich auf den Weg.

Der Mann an der Kassa wirkt ansprechbar. Mit den paar Brocken Kroatisch, die mir mein Vater einst beigebracht hat, frage ich ihn, ob ich mit Euro zahlen kann. Er sagt, »Ja klar«. Als ich mit Wasser und Proviant zu Ingo zurückkehre, sieht der mich an, als trüge ich die Monstranz in meinen Händen.

»Wo hast du das her?«

»Die Gospa …«

Er verdreht die Augen und geht zu den anderen Pilgern. Er ist wirklich aufgeschlossener als ich, er möchte sich mit diesen Leuten austauschen. Ich möchte auch, aber ich kann jetzt nicht, Radio Maria hat mich ein bisschen mitgenommen.

Die Pause ist diesmal kurz. Der Reiseleiter pfeift, und keine fünf Minuten später sind wir wieder auf der überraschend gut ausgebauten Autobahn. Ist eine Weile her, dass ich zuletzt hier war, und damals sahen die Straßen noch anders aus. Ich habe jedoch keine Zeit, mich über die infrastrukturellen Fortschritte in Kroatien zu freuen, denn der Reiseleiter sucht für den nächsten Rosenkranz nach einem Vorbetter.

»Wir betten auch für die Ungläubigen«, sagt er und streift mich mit einem Seitenblick aus seinen zusammengekniffenen Augen.

Das Opfer ist diesmal schnell gefunden oder auch nicht, ich bekomme es nicht mit, weil ich mit geschlossenen Augen den iPod gezückt habe und mir die Kopfhörer mit aller Kraft in die Ohren drücke, was die Lautstärke der Musik drastisch erhöht. Als mein Druck einige Minuten später nachlässt, dringt wieder der Chor der Betenden durch die Musik.

Ich höre »I love New York« von Madonna und denke an Sex. Rosenkranzgemurmel im Hintergrund ist aber nicht gerade förderlich für sexuelle Phantasien, und deshalb lande ich in Gedanken irgendwann bei diesem Buch von Hape Kerkeling, das ich vor einiger Zeit gelesen habe, diesem Buch über den Jakobsweg, den er gegangen ist. Ich habe das Buch nicht besonders gemocht, und zwar wegen seiner glaubensbesoffenen Putzigkeit, die einem fröhlich aus jeder Seite entgegenschallt. Alles ist nett und gut, und wenn es das einmal nicht ist und der kleine Hape frustriert durch Kastilien schreiten muss, dann stampft er kurz mit dem Füßchen auf und murrt ein bisschen in Richtung da oben oder in sich hinein, und wie durch ein Wunder wird einen halben Tag später wieder alles schön.

Nach zehn Minuten gibt der Akku des iPods den Geist auf. Über das Handy möchte ich nicht Musik hören, denn sollte mir da der Saft ausgehen, wäre ich vom Rest der Welt abgeschnitten, und das halte ich weder in einem Reisebus noch mitten in Wien aus. Lieber versuche ich zu lesen, doch wegen des Geschaukels wird mir bald schlecht. Ich stecke das Buch zurück in die Tasche und starre geradeaus auf die Autobahn, eine Viertelstunde, eine halbe Stunde, eine Stunde, eineinhalb Stunden. Dann steuern wir den letzten Rastplatz vor der kroatisch-bosnischen Grenze an.

Nicht alle steigen aus, die meisten meiner Mitpilger stieren matt vor sich hin. Ich stolpere ins Freie und strecke mich. Der Indianer zündet sich neben mir eine Zigarre an, und zwar eine Siglo V, wenn ich richtig gesehen habe. So etwas raucht man eigentlich nicht kurz mal auf einem Parkplatz.

»Unglaublich, diese Hitze, nicht?«, sage ich.

Er nickt und bläst Rauchkringel in die Luft. Der heiße Wind zerfetzt sie sofort. Ich versuche mich zu erinnern, ob ich den Indianer bisher auch nur einmal reden gehört habe.

Vor uns liegt hügeliges Land, durch das sich die Autobahn schlängelt. Man kann wohl von hier aus schon bis nach Bosnien sehen. Links und rechts ragen Karstberge auf, die Wälder sind dürr und wirken ziemlich brandgefährdet aus. Obwohl es schon später Nachmittag ist, glüht die Sonne so stark wie in Wien allenfalls während der Mittagszeit, und das auch nur an den drei wirklich heißen Tagen im Jahr.

Ich atme tief ein und aus, ein und aus, endlich klare, unklimatisierte Luft. So gut geht es mir, dass ich mich nach einem Abstecher auf die Toilette zu einer Gruppe von Pilgern vor dem Bus geselle, wo der Reiseleiter gerade eine Geschichte erzählt. Den Hauptteil habe ich offenbar versäumt, ich höre nur noch das Ende.

»Dieser Pfarrer war ja ein bissl strenger. Niemals hart, aber streng. Und deswegen, weil wir dort hängen geblieben sind, haben wir Rosenkranz gebettet bis zur Vergasung.«

Er lacht, die anderen schmunzeln. Ingo geht zur Seite und zündet sich die nächste Zigarette an. Dabei rennt er den Liliputaner über den Haufen, was einen kurzen Tumult zur Folge hat. Die Helferin der Gehbehinderten hilft zusammen mit dem Postboten dem Gestürzten auf, Ingo entschuldigt sich, der Reiseleiter schaut misstrauisch drein. Ich verziehe mich hinter den Bus, wo ich Rudi dabei zusehe, wie er im Gepäckfach Ordnung macht, bis der Reiseleiter seinen gellenden Pfiff ausstößt, obwohl schon alle versammelt sind.

Nachdem wir die Raststation verlassen haben, legt Rudi ein neues Video ein. Es handelt vom Leben Pater Slavkos, der darin ebenfalls interviewt wird, nur wenige Tage vor seinem Tod. Während ich mir denke, na ja, der alte Herr sieht ja auch wirklich ein bisschen fällig aus, 75 ist der sicher, höre ich, er war 53. Aber wir erfahren auch gleich genug über sein Leben, das erklärt, wie man so alt aussehen kann.

Pater Slavko dürfte pro Nacht höchstens vier Stunden geschlafen haben. Den Rest seiner Zeit widmete er den Hilfesuchenden, der Gospa, den Erscheinungen, den Seherinnen und Sehern, vor allem seiner Gemeinde. Er scheint da ein Dorf voller Exjunkies mitbegründet oder zumindest betreut zu haben, Cenacolo, denn im Video heißt es, »Auf seine Burschen in Cenacolo konnte er jederzeit zurückgreifen«. Hier ein Mädchenheim, dort eine Schwesternschule, die Junkies kamen und klopften Steine, bauten und beteten.

Auch die Seherinnen und Seher berichten über Pater Slavko. Einst waren sie arme Bauernkinder, die im Alter von acht oder zehn Jahren ihre erste Erscheinung hatten, nun sind sie Mitte dreißig und verheiratet, jedenfalls die meisten von ihnen. Pater Slavko haben sie lange gekannt, und sie wissen viel über ihn zu erzählen. Sie wirken recht unterschiedlich. Die Frau, die am häufigsten zu Wort kommt, macht einen sehr sympathischen Eindruck, der Mann hingegen hat einen unsteten Blick und sieht mehr aus wie ein balkanischer Fußballmanager.

»Die letzte Messe hat er für mich gelesen, am Vormittag vor seinem Tod«, sagt der Reiseleiter nicht zum ersten Mal.

»Zwei Stunden bevor er gestorben ist, bin ich noch bei ihm gsessen und hab mit ihm gesprochen.«

An der bosnischen Grenze wird das Video für einige Minuten unterbrochen. Die meisten Pilger bleiben auf ihren Plätzen sitzen, von den Uniformen der Zöllner und der fremden Umgebung sichtlich eingeschüchtert. Ich steige mit zwei oder drei anderen aus, strecke mich, mache ein paar Schritte. Von draußen beobachte ich, dass die Fundamentalistenmutter weint und der Liliputaner ab und zu verstohlen sein riesiges Kreuz küsst. Ich schaue in die karge Landschaft, bis wir einsteigen müssen und ein forscher Zöllner unsere Pässe kontrolliert. Eine Durchsuchung unseres Gepäcks, die laut Aussage des Reiseleiters durchaus vorkommen könne, unterbleibt.

Nach der Grenze höre ich aus einem Gespräch des Reiseleiters mit einer der Fundamentalistinnen heraus, dass wir diese Nacht in einem anderen Hotel schlafen müssen. Ursprünglich hatten die beiden über das Fasten geredet. Die Fundamentalistin scheint sich über die Würstel an Bord beschwert zu haben, mit dem Hinweis darauf, es sei Mittwoch, worauf der Reiseleiter wiederholt hatte, für Pilger gebe es da Dispens. Auf nicht nachvollziehbare Weise kam das Hotel ins Spiel, und nun greift der Reiseleiter zum Mikrophon und verkündet, mit der Organisation hätte leider nicht alles geklappt, wir müssten heute Nacht bei einer gewissen Ljudmila schlafen – »im neuen Hotel!«.

Die Pilger murmeln ihr Einverständnis. Es bleibt ihnen auch nichts anderes übrig.

Danach geht es mit dem Video weiter. Es wird einiges über die Seherinnen und Seher berichtet, von denen zwei oder drei noch tägliche Erscheinungen haben, immer zur selben Zeit, was ich sehr praktisch finde, und ich rechne es der Gospa hoch an, dass sie sich auch auf die Sommerzeit einstellt. Die übrigen zwei oder drei »empfangen« sie nur noch einmal im Jahr an einem bestimmten Tag, weil sie schon »alle zehn Geheimnisse enthüllt bekommen« hätten. Sie schließen jedoch nicht aus, dass die Gospa ihnen zu einem späteren Zeitpunkt wieder öfter, gar täglich erscheinen könnte.

Der umtriebige Pater Slavko spielt auch hierbei eine Rolle, er hat den Seherinnen geholfen, die Botschaften der Gospa in andere Sprachen zu übersetzen, und ist allen ein Freund und Vertrauter geworden. Mit dem Ehemann einer der Seherinnen, einem Ökonomen oder Betriebswirt, hat er eng zusammengearbeitet. Vor allem aber hat er sein Leben der Gospa geweiht.

Das Wort Gospa gefällt mir immer besser. Es gibt Wörter, nach denen werde ich geradezu süchtig. Nach manchen, weil sie so schön klingen, nach anderen, weil sie so unbeholfen klingen oder armselig und naiv oder drollig und obszön. Gospa ist so ein Wort, überdies sucht mich eine wirklich sehr schweinische Assoziation dazu heim, und da hilft es gar nichts, dass Gospa einfach nur Gottesmutter bedeutet.

Gnadenstätte ist ebenfalls ein Wort, das seit einiger Zeit häufig fällt und mir Freude macht, allerdings nicht im gleichen Maße wie Gospa. Gospa! Die Gospa! Ich muss mittlerweile jedes Mal lachen, wenn ich das Wort höre. Bei betten geht es mir auch so, mir ist aufgefallen, dass nicht nur der Reiseleiter, sondern fast alle Leute hier »betten« statt »beten« sagen. Zur Gospa an der Gnadenstätte betten! Ich bin entzückt.

Ich reiße mir die nächste Dose Kaffee auf und bemühe

mich, an nichts anderes zu denken. Trotzdem stehe ich immer wieder kurz vor einem hysterischen Lachanfall, wenn ein selig dreinblickender Mensch von der Gospa berichtet. Dieser Unernst ist mir gar nicht recht, denn ich sitze hier ja, weil ich etwas über den Glauben dieser Menschen und vielleicht gar über meinen eigenen erfahren will, und ich möchte nichts verwitzeln. Schon gar nicht möchte ich, dass jemand glaubt, ich wolle ihn auslachen, denn das würde wirklich nicht der Wahrheit entsprechen.

Das Lachen vergeht mir sowieso, als der freundliche tote Pater in einem Interview anfängt, gegen die Abtreibung zu wettern. Ich höre nur noch halb hin. Die Fundamentalistenmutter starrt gebannt auf den Bildschirm und weint. Ich merke, wie erschöpft ich bin. Es ist halb sieben Uhr abends, und ich stecke mit Unterbrechungen seit mehr als zwölf Stunden in diesem Bus. Und dieser Bus ist nun in Bosnien.

Das Ende des Videos lässt nichts zu wünschen übrig. Erst wird von der Frau, die Pater Slavko täglich auf einen der Berge begleitet hat, die Geschichte seines Todes erzählt, dann sieht man ihn sterben. Also beinahe. Er habe gewankt, sich auf einen Stein gesetzt, zu ihr, der Frau gesagt, er könne nicht mehr, und sei Sekunden darauf zusammengebrochen. Ein herbeikommender Arzt habe nichts mehr tun können. Darauf folgt eine Szene aus einem zufällig aufgenommenen Amateurvideo, in der der arme Kerl etwas orientierungslos auf diesem Berg umhertaumelt. Wenn die Schilderung der Frau stimmt, hat der Pater bereits eine Minute später nicht mehr gelebt.

Eine der Seherinnen, die sympathische Frau in meinem

Alter, berichtet danach von der Offenbarung der Gospa, Pater Slavko sei direkt in die Heiligkeit eingegangen.

»Jöööh!«, tönt es von hinten.

Ich als theologischer Laie kann die Aussage der Seherin natürlich nicht ganz deuten. Erst nach einer Weile höre ich, wie Jim der Amerikaner dem ebenfalls ahnungslosen Ingo in drolligem Deutsch erklärt, dass der Mann nun als Heiliger gilt und verehrt wird, jedenfalls hierorts. Beim Papst in Rom sieht die Sache anders aus.

Im Bus herrscht nach dem Video Ergriffenheit. Mir ist schlecht, aber das liegt wahrscheinlich an den Unmengen von Kaffee und an der kurvenreichen Strecke. Die Autobahn haben wir längst hinter uns gelassen, nun legen wir die letzten Kilometer bis zur Gnadenstätte zurück.

Der Reiseleiter erzählt Geschichten über die Umgebung. Bei dieser Kirche habe einer der Seher vorgegeben, austreten zu müssen, um die kommunistischen Häscher zu täuschen, die streng gegen die Wundergläubigkeit ihrer Landsleute vorgegangen sind, bei jenem Kreuz sei die Muttergottes den Kindern zum ersten Mal erschienen und so weiter. Ich kriege nicht alle Details mit, weil ich, meinen achten Travelgum kauend, geradeaus schaue und möglichst selten den Kopf drehe.

»Ja, zwei Sachen noch«, sagt der Reiseleiter. »Erstens, wenns Not habts, gehts lieber in die Hotels, die öffentlichen Klos sind überlaufen, da stehts eine Stunde an, und es druckt. Und zweitens, den Bettlern nix geben! Die kriegen einmal die Woche von der Kirche was! Aber weil das den meisten Bettlern wohl zu wenig ist, betteln sie im Ort, da kriegen sie mehr! Denen gebts nix!«

4. Kapitel

Ingo ohne Empfang – Zimmer beziehen – Wir brechen das Brot mit den anderen Pilgern – Die Liebe Gottes erfahren – Was ist eine Anbetung? – Gospastände – Gin Tonic und der unfreundliche Kellner – Der Postbote kommt – Der Perseidenschauer

Medjugorje sieht aus, wie man sich als Mitteleuropäer einen Ort in Bosnien vorstellt. Das Dorf, durch das wir rollen, hat eine gut asphaltierte Hauptstraße, doch manche Seitenstraßen bestehen nur aus ein paar Häusern, vor denen Kinder in einer Staubwolke Fußball spielen, träge beobachtet von klapprigen Hunden mit struppigem Fell.

Viel Gelegenheit, erste Eindrücke zu sammeln, habe ich allerdings nicht, denn die Pension von Frau Ljudmila ist rasch gefunden. Wir laden unser Gepäck aus und stellen uns für die Zimmervergabe an. Der Reiseleiter verteilt die Schlüssel. Ich übernehme unseren, der Reiseleiter würdigt mich dabei wieder keines Blickes. Allmählich frage ich mich, ob ich ihm einmal unter vier Augen erklären sollte, dass ich mich über ihn und all das hier nicht lustig machen will, sondern bloß neugierig bin. Ich befürchte jedoch, das würde nicht viel helfen.

»Hast du Empfang?«, fragt mich Ingo, als ich mit dem Schlüssel zu ihm trete, während er nervös mit seinem Handy herumspielt.

»Ja«, sage ich nach einem kurzen Blick auf das Display.

»Wieso habe ich dann keinen?«

»Gibt's ja nicht, lass sehen … ja, stimmt.«

»Na, und was mache ich jetzt?«

»Das klärt sich schon. Komm, lass uns rauf …«

»Ohne Empfang kann mich Tanja nicht erreichen!«

»Du wirst schon deinen Empfang haben. Wir lösen das …«

»Verstehst du, wenn es heute losgeht – die erreicht mich nicht! Die glaubt wer weiß was!«

»Also hör doch auf, erstens weiß die, dass du nicht in Mitteleuropa unterwegs bist, und zweitens lösen wir das Problem, du wirst sehen! Lass uns mal duschen, was essen und so.«

Ich schnappe mir meinen Koffer. Ingo folgt mir zögernd.

»Außerdem, sie kann ja mich anrufen!«, sage ich über die Schulter nach hinten.

Es gibt keine Minibar und keinen Fernseher. Das Zimmer ist winzig, und ich hadere einige Minuten lang mit meiner Entscheidung, ein Doppel- anstatt zwei Einzelzimmer gebucht zu haben. Damals war mir der Gedanke logisch und amüsant erschienen, aber ich weiß, was sich Ingo gerade denkt, nach vierzehn Stunden im Bus. Nämlich dasselbe wie ich: Platz! Ruhe! Wir sind aufeinander jedoch erstaunlich gut eingespielt, und es gibt keine Probleme. Jeder legt sich für zehn Minuten auf sein Bett, er mit seinem Handy, ich mit einem Buch, ich gehe duschen, er geht duschen, wir ziehen uns um, das wars.

»Und, wie stehts mit Empfang?«, frage ich.

Er knurrt etwas, er sieht nicht gerade glücklich aus. Um ihn abzulenken, schlage ich vor, eine Kneipe zu suchen und ein Bier zu trinken. Im Speisesaal erfahren wir jedoch, dass es in zwanzig Minuten Abendessen gibt. Der Reiseleiter fehlt, die meisten Pilger sind schon da, sie scheinen sich nicht lange im Zimmer aufgehalten zu haben.

Es sind drei große Tische vorbereitet, an allen wird bereits der Hauswein getrunken, der eine etwas dubiose Farbe hat. Ich bediene mich, aber nach dem ersten Schluck stelle ich das Glas weg und nehme mir lieber Mineralwasser. Mit Frau Ljudmila, die eine sehr herzliche Ausstrahlung und einen Schnurrbart hat, wechsle ich am Tresen drei Sätze auf Kroatisch. Neben mir steht der Postbote, er wirkt ziemlich weggetreten. Auch Intschu-Tschuna ist da, er stärkt sich mit einem Schokoriegel und versucht Fliegen zu fangen.

Ingo und der Kappenmann unterhalten sich. Sie finden heraus, dass der alte Herr aus dem Salzburger Ort kommt, in dem Ingo ein Wochenendhaus hat.

»Was?«

»Mein Wochenendhaus ist dort.«

»Die Firma?«

»Nein, mein Haus. Am Wochenende sind wir manchmal dort.«

»Wie heißt die Firma?«

»Wo-chen-end-haus!«

Im Saal hat es gefühlte 40 Grad bei einer Luftfeuchtigkeit, die mich an den thailändischen Urwald erinnert, deshalb stelle ich mich vor das Haus. Einige von der Gruppe folgen mir. Lust zu Gesprächen scheint niemand zu haben, aber wahrscheinlich sind wir alle zu müde.

Mir fällt der Andenkenladen gegenüber ins Auge. Mit dem Wasserglas in der Hand überquere ich die Straße und betrachte die Auslage. Holzkreuze, Jesusbilder, aber vor allem: Gospa. Gospabilder, Gospastatuen jeder Größe, Gospakaffeetassen, Gospaschlüsselanhänger, Gospaschnapsgläser, Gospatischtücher, dazwischen Rosenkränze, Kerzen (Gospa) und Ansichtskarten.

Nach vierzehn Stunden Busfahrt überfordert mich das ein wenig, und so gehe ich lieber vor dem Hotel auf und ab. Die unmittelbare Nähe der schweigenden Mitpilger an der Tür empfinde ich aber auch nicht als angenehm, und daher spaziere ich nach hinten über den Parkplatz, am Bus vorbei, bis sich vor mir nur noch ein weites, unbebautes Feld erstreckt. Ich wende mich nach links, und nun steht vor mir, keine zehn Schritt entfernt, ein geschorenes Schaf, das eine Art Jeans trägt und dem wohl die daneben feixenden Kinder einen alten Strohhut aufgesetzt haben.

Die Kinder beobachten mich. Als ich mich zum Gehen wende, rufen sie mir etwas zu. Ich kehre lieber zur Hoteltür und zu den Mitpilgern zurück, die in exakt der gleichen Haltung schweigen wie vorhin.

Der Postbote, der schon im Speisesaal meine Nähe gesucht hat, taucht neben mir auf. Es folgt Jim der Amerikaner, auch der Kappenmann gesellt sich zu uns, ebenso einer, der mit seiner Gelfrisur und der sportlichen Kleidung aussieht wie ein Tennislehrer und der seine falsche Ray Ban offenbar zu jeder Tages- und Nachtzeit trägt.

So etwas wie ein Gespräch entwickelt sich auch jetzt nicht, denn jeder stammelt nur vor sich hin und wartet darauf, dass ein anderer den Faden aufnimmt. Ich höre den abgehackten Ausführungen des Postboten zu, nicke und schaue stumm auf ein Ungetüm von Marienstatue in der Auslage gegenüber, bis im Speisesaal alles in Bewegung gerät, weil Frau Ljudmila die Suppenschüsseln aufträgt.

Der Reiseleiter sitzt am ersten der drei großen Tische, und so nehmen Ingo und ich in der Mitte des zweiten Platz. Vor uns dampft es aus einer Schüssel. Alle Pilger sind versammelt, mit Ausnahme der vier Fundamentalistinnen, die wohl gerade in ihren Zimmern über uns ihre Brotrinden verzehren. Rechts von mir sitzt eine Frau, die nicht so recht hierherzugehören scheint, man sieht ihr einen anderen Bildungshintergrund an. Seltsamerweise scheint sie mit dem Tennislehrer unterwegs zu sein, denn der sitzt neben ihr auf der anderen Seite.

Gerade wollen sich die zwei Bäuerinnen uns gegenüber bedienen, da ertönt ein Ruf des Reiseleiters, der zum Tischgebet mahnt. »Wir beten auch für die Ungläubigen, die die Liebe Gottes noch nicht erfahren haben«, sagt er, ehe er loslegt, und streift Ingo und mich wieder mit einem Blick aus seinen zusammengekniffenen Augen.

Das unheimliche Gemurmel geht von neuem los. Ingo und ich sitzen steif da und schauen in die Luft. Doch auch dieses Gebet endet irgendwann, und die Pilger machen sich über die Suppe her. Jeder bedient sich selbst, kein einziger, soweit ich sehen kann, schöpft einem anderen den Teller voll und nimmt sich hinterher. Ingo und ich sind am Schluss dran.

Die Tomatensuppe kommt bei allen sehr gut an, vor allem bei den beiden Bäuerinnen, die Ingo darum bitten, dass er ihre Seniorenhandys einstellt, damit sie hier telefonieren können.

»Wieso haben Sie hier Empfang?«, fragt er böse. »Wieso habe ich keinen?«

Der Hauptgang besteht aus einer riesigen Platte voller Fleisch sowie einer voller verschiedener Gemüsesorten. Ich bediene die Leute um mich herum, nehme mir was vom Gemüse und bin dann fertig. Während ich misstrauisch auf meinen Teller schaue, höre ich in meiner Umgebung wohlwollende Worte wie »sie tragen gut auf«, »große Portionen« und »sie lassen sich nicht lumpen«, was mich über das pluralische »sie« nachsinnen lässt. Wer sind sie? Ich habe bislang nur einen einzigen Menschen gesehen, der zur Pension gehört, und das ist Frau Ljudmila. Wer ist mit »sie« gemeint? Die Menschen hier in Medjugorje im allgemeinen? Die Bosnier? Die Balkaner?

Nach dem Essen gibt der Reiseleiter den Plan für den morgigen Tag bekannt. 7.30 Uhr: Frühstück. 9.00 Uhr: Messe. 10.30 Uhr: Ausflug nach Cenacolo. 13.00 Uhr: Übersiedelung ins Hotel Zvijezda mit Mittagessen. 15.30: Vortrag von Schwester Annalinda Antilopa (?). 18.00 Uhr Abendessen. 21.00 Messe. Danach ins Bett, weil wir um 3 Uhr früh auf den Kreuzberg gehen.

»Und jetzt um 21 Uhr findet drüben eine Anbettung statt, das schaffen wir, denn wir brauchen keine 5 Minuten hin.«

Was? Was findet statt? Ingo weiß auch nicht, was das ist. Ich konsultiere die intelligente Frau neben mir und kriege immerhin heraus, dass es sich offenbar um eine Freiluftveranstaltung hinter der Kirche handelt, weil die Besucher im Inneren nicht alle Platz hätten.

Der Liliputaner erkundigt sich, ob wir das Gepäck morgen bis mittags im Zimmer lassen dürfen, was ich für eine vernünftige Frage halte. Der Reiseleiter sagt selbstverständlich, das Gepäck bleibt im Hotel bis zur Übersiedelung. Kurz darauf scharren alle mit den Stühlen, die meisten drängen Richtung Ausgang, ein paar wollen sich umziehen, ehe sie zur Kirche gehen.

Ingo und ich verständigen uns stumm, die rätselhafte Anbetung auszulassen. Vor der Tür steckt er sich eine Zigarette an. Mittlerweile ist es dunkel, nur die Auslagen leuchten grell, und von überall her mahnen Kreuze. Ein wenig fühle ich mich wie in der Kulisse für einen Vampirfilm. Ingo geht schweigend neben mir her, seine Kameratasche über der Schulter. Unter einer Laterne sehe ich, wie es in seinem Gesicht zuckt.

An der Hauptstraße wenden wir uns nach rechts. Auf beiden Seiten der Straße gibt es das Gleiche zu sehen, nämlich eine ungeordnete Abfolge von Souvenirläden und Lokalen, wobei die Souvenirläden erheblich überwiegen. Das Angebot ändert sich nicht wesentlich, es werden alle denkbaren Varianten von Gospagesichtern feilgeboten. Das heißt, so stimmt das nicht, ihr Gesichtsausdruck ist immer gleich, er soll wohl etwas ausstrahlen, was manche Leute als gütig bezeichnen würden. Was sich ändert, ist nur das Material. Gips, Ton, Leinwand, Plastik, Porzellan, Papier, Stoff, sogar eine Kartongospa entdecke ich an einem Stand.

Ingo scheint das alles mit professionellem Interesse zu betrachten, ich halte bloß Ausschau nach einer akzeptablen Kneipe. Nachdem wir einmal die Hauptstraße rauf- und wieder runtergegangen sind, brechen wir auf den Stühlen des Restoran Pivnica neben der Kirche zusammen. Es macht eher den Eindruck eines örtlichen Zentrums für Touristenabfütterung, aber immerhin hat man von hier eine gute Sicht auf alles, was sich rund um die Kirche abspielt.

Ich bin so kaputt, dass ich nicht einmal zur Karte greifen kann. Der Kellner kommt. Er sagt nicht muh, nicht mäh, sondern steht nur da und schaut mürrisch über uns in die Luft. Wir bestellen Kaffee.

»Sag mal, wie heißt die Frau, bei der es morgen den Vortrag gibt?«, frage ich.

»Ich habe den Namen nicht verstanden, aber es war etwas ziemlich Absurdes.«

»Gehst du übermorgen auf den Kreuzberg?«

»Hab ich einen Vogel?«

»Was ist mit dir los?«, frage ich. »Bist du sauer?«

»Nein, nur müde.«

»Vergiss die Perseiden nicht!«

»Was? Ach so, die Sternschnuppen. Die sind mir aber so was von egal.«

»So, jetzt schalte mal dein Handy aus und wieder ein.«

»Hab ich schon gemacht, hat nichts gebracht.«

»SIM-Card raus.«

»Sehr witzig. Dazu brauchst du eine Büroklammer. Hast du etwa eine Büroklammer bei dir?«

»Natürlich habe ich eine Büroklammer bei mir.« Ich greife in meine Geldbörse. »Die einen haben immer Kondome dabei, die anderen Kosmetikartikel, ich Büroklammern. Hier, siehst du, gleich neben …«

Ingo reißt mir die Klammer aus der Hand und beginnt zu werken.

Um noch einen Kaffee zu kriegen, muss ich in das Lokal hineingehen, denn von selbst begibt sich keine Bedienung an unseren Tisch. Ich fühle mich mehr ohnmächtig als wach, aber ins Bett will ich auch noch nicht, erstens möchte ich die Atmosphäre so weit aufnehmen, dass ich mir sicher sein kann, sie nicht nach ein paar Wochen wieder zu vergessen, zweitens lasse ich mir ganz bestimmt keinen Perseidenschauer entgehen.

»Es funktioniert!«, schreit Ingo. »Ich habe Empfang!«

»Das ist schön«, sage ich und stecke meine Büroklammer wieder ein, während Ingo sich erleichtert daranmacht, Tanja eine SMS zu schreiben. Ich will auch eine verschicken, aber nun habe ich keinen Empfang. Das Spiel mit der Büroklammer wiederholt sich mit meinem iPhone, dann bin ich wieder telekommunikationsfähig.

Manchmal gleiten Zeit und Dinge an mir vorbei. Ich gehöre zwar dazu, aber ich nehme nicht teil am äußeren Geschehen. So ist es nun, es geschehen Dinge, es vergeht Zeit, und ich habe keinen Zugang dazu, auch wenn ich von den Ereignissen unmittelbar betroffen bin. Ich habe Streit mit einem Kerl am Nebentisch, der kurzzeitig auszuarten droht, doch das Feuer wird irgendwie gelöscht, von Ingo oder sonst wem, und ich habe daran keinerlei Anteil. Ich sehe zu, wie Menschenmassen an uns vorbeiströmen. Die Menschen gehen geduckt, als hätten sie eins übergezogen bekommen. Mir fällt auf, dass ich hier noch kein einziges Lachen gehört habe.

Gerade als ich aus meiner Betäubung aufwache, stehen der Postbote und der Liliputaner wie aus dem Boden gewachsen vor uns.

»Warts ihr net bei der Anbettung?«

»Nein.« – »Nein.«

»War schön.«

»Ja?« – »Ja, schön?«

»Dürf ma uns zu euch setzen?«, fragt der Liliputaner.

»Klar.« – »Na sowieso.«

Träge rücken wir den beiden die Stühle zurecht. Ich habe zwar keine Lust auf ein Gespräch, aber das sind wenigstens mal Leute, die auf einen zugehen, da darf ich jetzt nicht herumzicken. Zumal ich etwas von ihnen wissen will.

Ich warte, bis die beiden ihr Bier bestellt haben. Nachdem der Kellner des Zorns abgedampft ist, frage ich vorsichtig:

»Was ist eigentlich eine Anbetung?«

»Ja, das wollte ich auch schon fragen«, sagt Ingo.

»Eine Anbettung …« Der Postbote reibt sich das Kinn. »Na ja … es ist wie eine Messe … eine Anbettung.«

»Aber wer wird angebettet? Wird nicht immer angebettet?«

Ingo gibt mir unter dem Tisch einen Tritt.

»Schon … es ist … eine Anbettung, da ist vorne diese …«

»Es gibt keine Predigt«, sagt der Liliputaner.

»Gut, also wie jetzt, steht jemand vorn?«

»Ja, da steht schon jemand vorn … also … da ist schon ein Pfarrer, ja … Ein paar sind auf Knien nach vorne gerutscht.«

»Was? Wer? Wohin?«

»Na, zum Altar.«

»Da ist jemand auf Knien nach vorne gerutscht?«

»Ja, viele. Das passiert hier oft.«

»Und wer hat das gemacht?«

Der Liliputaner schneuzt sich.

»Keiner von unserer Gruppe. Hab die Leute nicht gekannt.«

»Ja und … wieso … nein, anders: Was ist jetzt also eine Anbettung?«

Der Liliputaner murmelt etwas in sein Taschentuch. Der Postbote wiederholt, was er bereits gesagt hat: Es sei wie eine Messe, es gebe keine Ansprache.

Ich probiere es noch eine Weile, aber wir kommen nicht weiter. Eigentlich ist mir die Sache nicht so wichtig, also ziehe ich mich wieder zurück, winke nach einem neuen Kaffee und lasse Ingo reden.

Mein Freund ist wirklich ein Meister der Kommunikation. Bei mir spürt mein Gegenüber ziemlich schnell, ob er mich aufrichtig interessiert oder mir eher gleichgültig ist. Ingo merkt man nichts dergleichen an, ich halte es theoretisch für möglich, dass sogar ich ihn nerve. Binnen fünf Minuten hat er herausbekommen, dass der Postbote EDV-Spezialist ist und die Computerabteilung einer großen Firma leitet, und der Liliputaner macht Möbeldesign. Ich kann mir weder unter dem einen noch unter dem anderen viel vorstellen.

»Und ihr? Was arbeitets ihr?«

»Ich bin Fotograf«, sagt Ingo.

»Und du?«

Ich winde mich. Ich kann einfach niemandem, der sie nicht kennt, von meinen Büchern erzählen. Das hat nichts mit Überheblichkeit zu tun, im Gegenteil. Ich habe das Gefühl, ich müsste meine Bücher und diesen innersten Teil von mir beschützen und ich würde Verrat an ihnen begehen, wenn ich ihre Titel nannte. Ich weiß, dass das eine hysterische Haltung ist, aber ich kann mir nicht helfen. Es geht mir überall so, nicht nur hier bei der Gospa. Vor zehn Jahren habe ich in ähnlichen Situationen geantwortet, ich sei Student, doch das geht mittlerweile nicht mehr.

»Ich bin in der Verlagsbranche«, sage ich.

»Verlagsbranche? Was machst du da?«

»Viel. Verschiedenes. Lesen. Schreiben. Lektorat.«

Das ist vage und langweilig genug, nun wollen sie mehr von Ingo wissen. Doch auch er hält sich ziemlich bedeckt, und ich spüre, aus dem gleichen Grund wie ich. Das Interesse der beiden ist ohnehin oberflächlicher Natur, denn bald sitzen sie nur noch da und drehen ihr Bierglas in der Hand. Ich kann nicht aufhören, dem Liliputaner dabei zuzusehen, er hat so kleine Hände.

»Lassen wirs für heute gut sein?«, fragt Ingo mit einem Blick in den Himmel. »Es gibt einen Perseidenschauer.«

»Einen was?«, fragt der Liliputaner.

»Einen Sternschnuppenschauer«, sagt der Postbote. »Heute die ganze Nacht!«

Sogar um die Rechnung zu bekommen, muss man dem Kellner nachlaufen. Ich zahle für alle, ohne dass sie es bemerken, und wünsche schnell eine gute Nacht. Beim Aufstehen wirft Ingo mit seiner Fototasche das Glas einer Frau am Nebentisch um. Es gibt wieder einmal Zirkus. Ich mache, dass ich wegkomme.

Im Zimmer erwarte ich, dass sich Ingo mit mir auf die Terrasse stellt, die um das Haus herum verläuft und von allen Zimmern aus betreten werden kann, doch er legt sich tatsächlich in sein Bett.

»Was ist mit dir? Keine Perseiden?«

»Ich habs nicht so mit Sternschnuppen. Ich bin viel zu müde.«

Das Kissen ist ihm nicht geheuer, er wirft es neben das Bett. Er dreht sich um und versteckt den Kopf unter seinem Sweater. Unglaublicherweise schnarcht er schon nach drei Minuten los.

Ich stehe einige Zeit da und frage mich, was ich tun soll, denn müde bin ich auch. Aber im Zimmer ist es unerträglich heiß, es müsste sowieso mal gelüftet werden. So gehe ich auf die Terrasse hinaus, wo ich die intelligente Frau vom Abendessen treffe. Sie fragt mich, ob ich Feuer hätte. Ich hole Ingos Feuerzeug. Sie bedankt sich, zündet ihre Zigarette an und schaut in den Himmel.

»Wartest du auf die Sternschnuppen?«, fragt sie.

Ich sage Ja, daraufhin lächelt sie und stellt sich wortlos zehn Meter von mir weg. Offenbar will sie dem Ereignis allein beiwohnen. Mir ist so etwas sehr sympathisch, ich kann sie gut verstehen. Ich erinnere mich noch an die Sonnenfinsternis 1999. Wir fuhren und fuhren und fuhren, um einen einsamen Flecken zu finden, und schließlich landeten wir auf einer Wiese im Burgenland, wo es zuging wie bei einem ausverkauften Fußballländerspiel.

Ich starre in die Nacht über mir und warte. Es ist kaum bewölkt, der Himmel ist so frei, dass man die Perseiden nur so herabregnen sehen sollte. Ich sehe nichts. Ich hole mir ein Mineralwasser und massiere mir den Nacken. Es vergeht eine Viertelstunde, es vergeht eine halbe Stunde. Die intelligente Frau kommt noch einmal auf mich zu.

»Schön, nicht?«, sagt sie mit belegter Stimme.

»Ja … Na ja …«

»Gute Nacht dann.«

»Warte! Hast du wirklich was gesehen?«

»Bei zehn habe ich aufgehört zu zählen. Und du?«

»Ja, ungefähr … etwa so viele werden es bei mir auch gewesen … na dann, gute Nacht.«

Ich warte noch eine halbe Stunde. Ich bin schrecklich müde, aber ich kann nicht glauben, dass ich sogar am Tag des Perseidenschauers keine Sternschnuppe sehe. Ich habe nämlich noch nie im Leben eine gesehen, niemals, nicht eine einzige, obwohl ich mich schon in vielen Nächten redlich darum bemüht habe, ich war mehr als einmal nahe an der Genickstarre. Mir tut keine Sternschnuppe den Gefallen, sich von mir beobachten und womöglich als Vehikel für meine fragwürdigen Wünsche missbrauchen zu lassen.

Nachdem alle Lichter in den Geschäftslokalen an der Straße erloschen sind, warte ich noch eine Viertelstunde. Niemand ist unterwegs, niemand schaut zum Fenster heraus oder steht auf der Terrasse. Ich bin allein, ich bin in Bosnien. Meine Augen brennen, meine Glieder fühlen sich zerschlagen an, ich habe Kopfschmerzen und starken Durst. Durch die offene Tür höre ich Ingo schnarchen. Zwei Häuser weiter miaut eine Katze. Es ist zwecklos.

»Wow«, höre ich irgendwo unter mir, während ich in das Zimmer zurückgehe.

5. Kapitel

»Auf zur Messe!« – Ein leeres Hotel – Fahrt nach Cenacolo – Ingo erklärt dem Kappenmann den Fotoapparat – Ich verstecke mich beim Gebet – Die Exjunkies legen Zeugnis ab – Die Sonnenstrahlen schenkt der Herr – »Keine Schmerzmittel!« – Der vergessene Italiener

Wir werden durch Tritte gegen unsere Tür aus dem Schlaf gerissen. Ich schaue auf die Uhr, es ist acht. Ich lausche, alles ist still. Gerade beginne ich zu überlegen, ob ich diesen Anschlag wohl nur geträumt habe, da hämmert wieder jemand gegen die Tür. Eine Stimme ruft: »Mess!« Ich höre Schritte, entfernte Stimmen. Ich schlafe wieder ein.

Um halb zehn schrillt mein Handywecker. Der Ton ist furchtbar laut, ich sitze sofort senkrecht da und spüre mein Herz bis zum Hals klopfen. Ich habe Kopfschmerzen, mir ist schlecht, und als ich mich strecke, fährt mir ein Krampf in den Arm, der mich aufschreien lässt.

Ingo hat Kopfhörer im Ohr und bastelt an seinem Notebook herum. Ich trinke Mineralwasser. Es ist warm. Gerade will ich in einem Clever & Smart-Band zu lesen beginnen, da schleudert Ingo die Kopfhörer auf den Boden. Er sieht mich kurz von der Seite an, dann starrt er wieder auf die Tür.

»Hast du das mitgekriegt? Hast du das bitte mitgekriegt? Dass der uns da herausgetrommelt hat wegen seiner Messe? Ist der verrückt? Ich will schlafen! Ich kann sowieso nicht schlafen, weil du schnarchst wie ein Pferd, aber das ist was anderes! Wie kommt der bitte auf die Idee, meine Tür einzuschlagen, damit ich zur Messe gehe?«

»Er wollte eben höflich sein.«

»Er wollte WAS? Er wollte HÖFLICH …«

»Er wollte eben vermeiden, dass du die Messe versäumst und traurig bist.«

»Dass ich TRAURIG … Habe ich ihn darum gebeten? Habe ich was von Weckdienst gesagt?«

Ich gehe duschen. Als ich zurückkomme, sitzt er auf dem Bett und lacht sich krumm, weil er ein besonders unvorteilhaftes Foto von mir vor sich auf dem Bildschirm hat. Ich bin offensichtlich noch nicht ganz bei Verstand, denn ich posiere in Unterhose und Bodybuilder-Pose für ihn. Das Ergebnis ist noch weniger zu entschuldigen als das Foto auf seinem Notebook. Rasch ziehe ich mich an. Ingo verschwindet im Bad, und ich mache mich auf die Suche nach einem etwas handfesteren Frühstück.

Kaum blinzle ich in das helle Licht auf dem Flur, bemerke ich, dass etwas nicht stimmt. Still ist es, denke ich mir, da sehe ich, dass alle Zimmertüren offenstehen. Ich schaue in das erste Zimmer – verlassen. Ich schaue ins zweite – verlassen. Das dritte, vierte, fünfte, alle leer. Gebrauchte Bettwäsche liegt auf dem Boden, die Mülleimer quellen über.

Aus dem sechsten Zimmer dringen Wisch- und Platschgeräusche. Ich treffe Frau Ljudmila beim Putzen an. Sie lächelt mir zu. Ich lächle unsicher zurück, drehe auf dem Absatz um und beeile mich, in unser Zimmer zurückzukommen.

»Ingo!«

»Waff?«

»Alle sind weg!«

Er steckt den Kopf aus dem Bad, der Mund eingeschäumt, die Zahnbürste auf seinen Zähnen vibrierend.

»Waff iff?«

»Wir sind die einzigen, die noch hier sind! Und Frau Ljudmila putzt!«

Er spuckt den Schaum in das Waschbecken, spült den Mund aus, trocknet sich ab und kommt heraus.

»Jetzt noch einmal.«

»Das Gepäck ist auch weg. Wird wohl schon im Bus sein.«

»Ist der Bus noch da?«

»Gute Frage. Keine Ahnung.«

Ingo nimmt die Sache in die Hand. Fünf Minuten später kehrt er zurück mit der Mitteilung, der Bus stünde nach wie vor hinter dem Haus, alle anderen hätten ihr Gepäck bereits eingeladen und seien bei der Messe, wir dürften unsere Koffer jedoch gern hierlassen bis nach unserem Frühstück, das wir um die Ecke einnehmen könnten, weil es im Haus nichts mehr gibt.

Aus mangelnder Abenteuerlust lassen wir die besonders uneinladend aussehenden Kneipen links liegen und setzen uns wieder auf die Terrasse des Restoran Pivnica. Viel ist nicht los, alles scheint bei der Messe zu sein. Ein anderer Kellner kommt, weitaus freundlicher als der vom Vortag, und er zuckt mit keiner Wimper, als Ingo Kakao und ein großes Omelette für vier Personen bestellt, ich hingegen Rührei, Kaffee, Mineralwasser und eine Pizzaschnitte.

Schon jetzt ist es so heiß, dass sich die wenigen Menschen an den Tischen ringsum mit Eiskarten Luft zufächeln. Vorhergesagt sind bis zu 39 Grad. Ich halte nichts von übertriebenen Anstandsbekundungen und habe mein

Hemd bis zum Bauchnabel aufgeknöpft. Ich weiß, dass so etwas nicht gern gesehen wird, und bei meinem Freund Habsburg zu Hause würde ich es seiner Frau zuliebe vielleicht unterlassen, aber in Straßencafés nehme ich mir alle Freiheiten, die ich brauche, sollen die Leute mich doch für einen Holzfäller halten, das ist mir völlig egal.

Wie schon am Abend zuvor können wir von einem Moment auf den anderen eine radikale Veränderung des Stadtbilds beobachten. Plötzlich kommen Menschenströme aus der Kirche heraus und über die Hauptstraße gewälzt. Neue Gäste treten auf die Terrasse des Lokals und lassen sich neben uns nieder. Kaum jemand spricht, keiner lacht oder lächelt zumindest. Nichts in diesem Ort hat bislang einen solchen Eindruck auf mich gemacht wie das totale Fehlen jeglichen Lächelns.

Wir sehen Mitpilger auf der Straße dahinziehen. Sie sehen uns auch. Sie schauen weg.

Wir zahlen, gehen zurück zum Hotel, packen in aller Eile unsere Sachen zusammen, legen ein anständiges Trinkgeld auf das winzige Nachtkästchen, geben den Schlüssel ab und verabschieden uns von der netten Frau Ljudmila.

Auf dem Parkplatz sind die meisten schon vor dem Bus versammelt. Rudi lädt unser Gepäck ein und fragt freundlich, wie die Nacht war. Der Tennislehrer wünscht uns guten Morgen, auch der Postbote, der keiner ist, nickt uns zu, der Rest der Truppe scheint auf Abstand zu gehen.

Wir scharren mit den Schuhen im Kies. Ich sehe Intschu-Tschuna, der in der Hand einen Hotdog hält, von dem Ketchup herabtropft. Jim der Amerikaner ist unrasiert und liest in einem Reiseführer, den er sich dabei mit hochgeschobener Brille knapp vor die Augen hält.

Ich bin schweißgebadet, und mir ist nun richtig schlecht. Ich überlege, ob sich vor der Abfahrt noch ein Kaffee im Pivnica ausgeht, aber genau in diesem Moment wackelt der Reiseleiter herbei, zwei hübsche junge Damen im Schlepptau, die mit nach Cenacolo fahren wollen.

Im Bus ist es angenehm kühl. Es dauert einige Zeit, bis alle ihre Plätze gefunden haben. Ich kaufe Rudi eine Dose Cola ab. Die Fundamentalistinnen schauen mich nicht an. Der Reiseleiter nimmt das Mikrophon und spricht über mich hinweg, während Rudi den Bus unter einigen Schwierigkeiten durch die enge Hotelausfahrt auf die Hauptstraße manövriert.

»Wir werden heute Zeugnisse hören. Vielleicht ist der Mario da. In Cenacolo könnts ihr auch bissl was einkaufen, aber wir halten auf dem Rückweg sowieso beim Tiberias, da kriegts ihr alles, und wenn ihr unseren Pilgerpass herzeigts, gibts dort einen Rosenkranz gratis. Also überlegts es euch.

Hier, da jetzt rechter Hand … diese Pizzeria, Tomatos heißt sie … Also ich hab ja nie Zeit, hier essen zu gehen, es gibt so viel zu organisieren … aber diese Pizzeria hier hat nach meiner Meinung das beste Preis-Leistungs-Verhältnis, und die Toilettenanlagen sind sauber und gut. Wenn ihr mal bei der Kirche aufs Klo müssts, gehts nicht zum öffentlichen Klo, da stehts nur lang an, gehts zum Tomatos. Und wenn ihr unseren Pilgerpass herzeigts, wo der Name vom Reisebüro draufsteht, kriegts ihr da zu jedem Essen einen Schnaps gratis.«

»Wow.«

Irgendjemand klatscht, ich habe Jim den Amerikaner im Verdacht, drei oder vier Leute klatschen mit, das Klatschen verebbt. Wir kommen an Tiberias vorbei, der eine Buch- und Andenkenhandlung zu sein scheint.

»Hier rechts findet heute Nachmittag der Vortrag von Schwester Annalinda Antilopa statt, merkts euch das gleich, da werden wir nicht mit dem Bus herfahren.«

Ich weiß, dass sie nicht Annalinda Antilopa heißt, aber ich kann nichts dagegen machen, ich verstehe jedes Mal Annalinda Antilopa. Nuschelt der Mann? Gut, es kann mir egal sein. Der Vortrag soll vor allem von der Beichte handeln. Ich werde natürlich hingehen, denn ich habe in meinem ganzen Leben noch nicht gebeichtet und werde es auch garantiert niemals tun, weil mir das als eine viel zu anspruchslose Art erscheint, mit meinen Fehlern fertigzuwerden. Vielleicht erzählt mir die Schwester, warum sie dafür ist.

Gleich nach dem Ortsende kommen uns Kolonnen von Reisebussen entgegen, hinter deren Windschutzscheiben Bilder der Jungfrau Maria kleben, die teils so monumental sind, dass sie vom Standpunkt der Verkehrssicherheit unbedingt zu entfernen wären. Speziell hier, wo die Straße so eng ist und Rudi beim Manövrieren ziemlich ins Schwitzen gerät. Ein Bus reiht sich an den nächsten, es geht zu wie bei einem Lady Gaga-Konzert in London, nur dass die Leute in den Bussen hier wesentlich älter sind.

»Vor zehn Jahren wars«, sagt der Reiseleiter ins Mikrophon. »Zwei Verlobte sind zusammen mit mir heruntergfahren, in drei Wochen hättens heiraten sollen. Und die haben hier die Berufung gespürt. Sie ist jetzt Schwester in einem Kloster in der Nähe, und er hat Kroatisch gelernt und ist Pfarrer in einer Gemeinde bei Split.«

»Jööööh!«

In Cenacolo werden einige Pilger von jungen Männern mit entrückten Gesichtern begrüßt. Ich sehe Umarmungen, die mir in ihrer Innigkeit absolut unverständlich sind. Wie oft muss man hierherfahren, damit so enge Beziehungen entstehen? Ich halte mich etwas abseits und fühle mich unwohl, ich weiß nicht, wohin mit mir.

Cenacolo scheint ein weitläufiges Anwesen zu sein, wir stehen offenbar vor dem Haupthaus, in dem Souvenirs verkauft werden. Einer der jungen Männer führt uns zu einer Reihe gelber Plastikstühle in einer Laube und bittet uns, Platz zu nehmen, er sei gleich zurück. Alles rückt geräuschvoll mit den Stühlen. Ich setze mich in die letzte Reihe, und zwar ganz außen, damit ich jederzeit verschwinden kann, sollte es mir zu bunt werden. Ingo will sich von der anderen Seite her zu mir setzen, wird jedoch vom Kappenmann, der sich an mir vorbeidrängt, daran gehindert und steckt nun, zwischen dem Alten und der intelligenten Frau eingekeilt, in der Mitte der Reihe fest.

Wir warten. Alle sprechen, wenn überhaupt, nur leise. Ich kriege mit, wie der Kappenmann seinen uralten Fotoapparat auspackt und von Ingo wissen will, ob er damit auch digital fotografieren könne.

»Nein, aber Sie können die Fotos bei der Entwicklung digital ausarbeiten lassen. Da kriegen Sie eine CD mit den Bildern drauf.«

»Aha. Aber da drauf geht das nicht?«

»Nein, da drauf geht das nicht.«

»Wieso nicht?«

»Da hinten ist das Klo, wenn wer muss«, ruft der Reiseleiter und deutet unbestimmt in Richtung eines freundlichen Pinienwäldchens.

»Weil das kein digitaler Fotoapparat ist.«

»Aha. Aber digitale Fotos kann ich machen?«

Zwei junge Männer tauchen auf und stellen sich als Hannes und Fred vor. Hannes bittet uns, zunächst gemeinsam zu beten. Alles erhebt sich, und das Gemurmel geht wieder los. Ich bleibe sitzen und verstecke mich reglos hinter dem Reiseleiter, um die Zeugnisableger nicht gleich auf meinen Unglauben aufmerksam zu machen, wer weiß, welche Schwierigkeiten mir sonst blühen. Das ist wie im Theater, wo ich auch nicht in der ersten Reihe sitzen mag, weil ich Angst habe, von den Darstellern angespielt zu werden.

Ich versuche auszurechnen, das wievielte Gebet dieses hier heute für meine Mitpilger wohl ist. Tischgebet beim Frühstück, dann die Messe … ich weiß leider nicht, wie viele Gebete ich für die Messe veranschlagen soll, und komme daher zu keinem Ergebnis.

Hannes beginnt nun Zeugnis abzulegen – wieder ein Begriff für meine Liste, auf der schon Gospa und Gnadenstätte stehen. Er stammt aus Südtirol, ist zwanzig und sieht zehn Jahre älter aus. In kurzen, abgehackten Sätzen erzählt er von seiner Drogenkarriere.

»Und da habe ich! Viele Fehler gemacht! Ich bin! In schlechte Kreise! Gekommen! Ich habe meiner! Familie sehr viel Kummer! Gemacht! Ich habe alles! Genommen was man nehmen kann! Ich war zwei Jahre! Heroinsüchtig! Ich habe dann! Über Kontakte meiner Familie! Die Chance bekommen! Hierherzukommen und ein neues Leben! Zu beginnen!«

Er erzählt wirklich eine interessante Geschichte, und ich höre aufmerksam zu. Anscheinend wird erwartet, dass er sich vor uns nach allen Regeln der Kunst zur Sau macht, das dürfte generell ein obligatorischer Teil des Programms vor Ort sein. Der junge Mann lebt nun seit zwei Jahren in der Gemeinde, und genauso lange hat er auch seine Familie nicht gesehen. Er betet und arbeitet. Die Gemeinde besteht aus etwa vierzig Männern zwischen sechzehn und fünfundfünfzig. Ich sitze hinter dem Reiseleiter, der den Zeugnisableger alle dreißig Sekunden unterbricht und etwas einwirft, was uns einen Sachverhalt näher erläutern soll, was jedoch in Wahrheit alles nur verkompliziert, und habe ziemlich unpassende Assoziationen.

Während sein Kollege uns von seinem Leben berichtet, steht Fred daneben in der Sonne. Der Reiseleiter gibt ihm stumm Zeichen, sich einen Meter nach links in den Schatten zu stellen. Fred lächelt und schüttelt den Kopf, dabei deutet er mit großer Geste auf den Himmel. Das soll wohl heißen, der Herr gibt's, also ist es gut, ich schwitze hier, ich kann nicht anders. Der Reiseleiter ist sehr zufrieden. Hinter mir raschelt Intschu-Tschuna mit seiner Chips-Tüte.

Bald darauf ist Fred an der Reihe. Er stammt aus München. Er hat eine ähnliche Drogenkarriere hinter sich, und ebenso wie Hannes prügelt er verbal kräftig auf sich selbst ein. Nach seiner eigenen Geschichte erzählt er von Cenacolo selbst, von den Projekten der Gemeinschaft, was ich alles sofort wieder vergesse bis auf die hiesige Gepflogenheit, Gehbehinderte im Morgengrauen auf den Kreuzberg zu tragen.

»Jööööh!«, tönt es irgendwo von rechts.

Fred lenkt das Thema nun elegant auf den Shop: Alles, was wir darin erwerben, kommt guten Projekten zugute. Etwa die Lebensgeschichte eines ehemaligen Mitglieds, Marco, der ein Tagebuch über seine AIDS-Erkrankung geführt hat. Das Buch ist hier erschienen, nach seinem Tod, dem er bewusst ohne alle Schmerzmittel entgegengeschritten ist, um alles Leid dankbar anzunehmen, das der Herr ihm auferlegt. Es heißt »Jenseits AIDS« und kostet nur 10 Euro.

Solche Geschichten ertrage ich nun wirklich nicht, ich habe sowieso schwere Angstattacken, seit dem Aufwachen schwappen regelmäßig Wellen von Furcht und Horror über mich. Zur Ablenkung, bloß um irgendetwas zu tun, mache ich das Cola auf. Selbstverständlich ist es genau in diesem Moment vollkommen still, und auf das Zischen meiner Dose folgt ein Zucken der haarigen Ohren des Reiseleiters.

Nach den Zeugnissen werden wir gebeten, Fragen zu stellen. Ich zeige als erster auf und will wissen, wo sich die beiden in zehn Jahren sehen. Hannes sagt, er hätte so viel Chaos hinter sich, er sei froh, wenn er seinen Alltag meistern könne, und was in zehn Jahren sei, könne er sich nicht vorstellen. Fred sagt kurz und bündig, er wolle Pfarrer werden.

»Jööööh!«, kommt von rechts. Einige applaudieren.

»Wird den Drogensüchtigen, die hierherkommen, irgendeine Art von begleitender Therapie angeboten?«, fragt Ingo.

»Nein!«, sagt Hannes. »Jeder Neue! Bekommt einen Engel! Das ist einer aus der Gemeinde! Der sich vierundzwanzig Stunden am Tag! Um ihn kümmert! Er hilft dem Neuen! Sich zurechtzufinden! Er hilft ihm! Sich an dieses Leben zu gewöhnen! Es gibt das Gebet! Und unsere Arbeit! Die Hilfe! Kommt aus ihm selbst! Und deshalb! Kommt sie von Gott!«

Der Reiseleiter weiß zu all diesen Dingen ebenfalls viel zu sagen. Am liebsten würde ich ihm den Mund zubinden.

Die intelligente Frau neben Ingo fragt, wie hoch die Rückfallquote bei denen liegt, die nach einigen Jahren die Gemeinde wieder verlassen. Verschwindend gering, behauptet Fred. Praktisch null. Hannes ist da etwas vorsichtiger.

»Wenn ich! Mit dem Motorrad unterwegs bin! Und da ist Freiheit! Und der Wind! Da kann es schon sein! Dass ich etwas spüre! Aber dann! Muss ich sofort! Runter von der Autobahn! Und mir eine Kirche suchen! In der Kirche! Finde ich dann zurück! Ich muss immer! Bei Gott bleiben!«

»Wie bringt man junge Leute dazu, die Bibel zu lesen?«, will eine der zwei Bäuerinnen mit den Seniorenhandys wissen.

Fred setzt wieder sein heiliges Gesicht auf, aber Hannes antwortet, er hätte früher keinerlei Ratschläge beherzigt.

»Der Betreffende! Muss selbst kommen!«

Die Antwort befriedigt die Bäuerin nicht, sie hätte wohl gern eine andere gehört. Sie rutscht auf ihrem Stuhl und sagt etwas zu ihrer Nachbarin.

Allmählich verebbt das Interesse der Pilger, und nun schleppen Hannes und Fred ihren Feldaltar oder etwas Ähnliches an, ich weiß nicht, was sie uns da stolz präsentieren, es sieht aus wie ein unter Drogeneinfluss fabriziertes Gemälde, bloß erkenne ich darauf nicht viel. Alle fotografieren. Zum Schluss gibt es Applaus, und dann wird noch einmal gebetet.

Ich springe auf und verziehe mich Richtung Haupthaus. Nachdem ich die leere Dose losgeworden bin, betrete ich den Souvenirshop. Zunächst ist es darin ganz ruhig, doch als mir weitere Pilger folgen, drückt der bärtige junge Mann hinter der Kasse einen Knopf, und es ertönt religiöse Flötenmusik aus verborgenen Boxen.

In einer Ecke stoße ich auf dieses AIDS-Tagebuch, es ist in allen wichtigen Pilgersprachen erhältlich. Daneben stehen weitere Erbauungsbücher, auch T-Shirts sehe ich, doch vor allem wird hier natürlich Gospaschmuck verkauft. Ein Gipsbild nehme ich in die Hand und betrachte es genauer, wobei ich feststelle, dass jemand mit dem Fingernagel unter dem Auge der Gospa eine Delle eingeritzt hat, die wie eine Träne aussieht. Vielleicht bin ich paranoid, aber ich könnte darauf wetten, dass das Kalkül ist. Man ersteht die Gospa, und zu Hause bemerkt man: Sie weint. Ein Wunder! Zumindest ein göttliches Zeichen.

Ich kaufe natürlich sofort diese Gipsgospa, und einen besonders schwulen Jesus nehme ich auch noch dazu. Der Typ an der Kasse gibt mir einen frommen Wunsch mit auf den Weg. Ich nicke ihm zu und mache, dass ich wegkomme, die Atmosphäre auf dem Gelände deprimiert mich zunehmend.

Beim Autobus steht Rudi und raucht. Er sieht müde aus. Ich kaufe ihm eine Flasche kaltes Wasser ab und betrachte die Gospa-Andenken, die in den offenen Kofferräumen der parkenden Autos angeboten werden. Die Besitzer stehen daneben, rauchen, einer sitzt auf der Stoßstange und schneidet sich die Zehennägel. Ein etwa zwölfjähriges Mädchen aus unserer Gruppe, das mit seiner Oma unterwegs ist, will einen Rosenkranz. Der Verkäufer ist unrasiert und hat eine Stimme wie ein Höhlenmensch.

Der italienische Pilgerbus, der hinter unserem Bus geparkt hatte, brummt überlaut auf, stößt eine stinkende schwarze Wolke aus und fährt davon. Kurz darauf kommt ein kleiner dicker Italiener in meinem Alter aus dem Tor der Gemeinde gelaufen. Er hetzt in Panik herum, schließlich fragt er mich, ob ich gesehen hätte, wie ein Bus wegfährt. Ich hatte in der Schule vier Jahre Italienisch, aber erstens habe ich nie aufgepasst, und zweitens ist das lange her.

»Tranquillo«, sage ich. »Piano. Puoi andare con noi!«

Er fragt mich, wann wir fahren würden. Mir fällt kurioserweise nur »mox« ein, aber wenn ich mein Latein auspacke, hält er mich vermutlich für einen Priesterseminaristen.

»Dopo«, sage ich. »Soon. Dieci minuti.«

Jetzt will er viele weitere Dinge von mir wissen. Ich verstehe kein Wort und biete ihm etwas zu trinken an. Zuerst nickt er, dann bedeutet er mir, er wolle nur schnell nachsehen, ob sie vielleicht hinter der nächsten Kurve haltgemacht hätten. Sekunden darauf sieht man einen kleinen dicken Italiener über den kochenden Asphalt talwärts wetzen.

Mittlerweile ist die Hälfte unserer Gruppe versammelt. Ingo zündet sich eine Zigarette an und erzählt mir, dass Hannes der Sohn der schwarzhaarigen Frau aus unserer Gruppe ist, die mir schon in Wien als einigermaßen säkulare Erscheinung aufgefallen war.

»Was? Im Ernst?«

»Und sie hat ihn seit zwei Jahren nicht gesehen.«

Ich kann es kaum glauben. Dieser Kerl, der so alt wirkt, dass ich mir durchaus vorstellen könnte, mit ihm von Mann zu Mann auf ein Bier zu gehen, ist der Sohn der Frau, die wiederum so jung wirkt, dass ich mir durchaus vorstellen könnte, mit ihr ins Bett zu gehen. Jetzt erklären sich allerdings die Begrüßungsszenen.

Der Reiseleiter wackelt herbei und pfeift. Ich steige ein und erstaune, als ich auf der anderen Seite des Ganges, wo normalerweise eine der jungen Fundamentalistinnen vor sich hin starrt, den Italiener sitzen sehe. Er nickt mir zu und sagt auf Englisch, dass er seine Leute nicht mehr erwischt hat. Ich rätsle, wann und wo er hergekommen ist. Vielleicht ein Fall von Bilokation.

Der Reiseleiter baut sich vor uns auf. Ich stelle ihm unseren neuen Passagier vor. Der Reiseleiter schaut misstrauisch drein. Ich habe das Gefühl, er denkt, ich wolle ihm da irgendeinen Halunken unterjubeln, mit dem ich gleich den ganzen Bus ausrauben werde. Dann aber sagt er, es sei okay, der Italiener dürfe mitfahren. Auf ein Begrüßungslächeln muss der Gast allerdings verzichten.

6. Kapitel

Spontanheilungen – Mittagessen ohne Tischgebet – Kampf um den Hausschlüssel – Gespräch mit dem Tennislehrer – Annalinda Antilopa und das schmutzige Kleid der Gottesmutter – »Preise das Leiden!« – Der Löffeldieb – Zur Messe!

Etwa auf halber Strecke nimmt der Reiseleiter wieder das Mikrophon. Er steht da und blickt wackelnd über uns hinweg.

»Wenn wir nachher das Hotel beziehen, denkts daran, dass man nur bis 23 Uhr ins Hotel reinkommt. Ein paar Minuten später ist auch noch kein Problem, der Herr Bozo wartet immer noch ein bissl, aber dann geht er schlafen. Einmal hat einer von meinen Pilgern das vergessen und ist erst um eins in der Nacht gekommen. Wie ich um fünf aufstehe, sehe ich ihn draußen auf einem Gartensessel sitzen. Er wollts gar nicht sagen, aber ich hab ihn angeredet, und da hat ers zugegeben. Also vergessts das nicht!«

Ich drehe mich zu Ingo um, dem steht der Mund offen, und die Wange zuckt.

»Und morgen gehen wir auf den Kreuzberg. Da ist Abfahrt um drei Uhr in der Früh. Zum Frühstück sind wir wieder da.«

Kreuzberg, der interessiert mich eigentlich, ich glaube, ich möchte mitgehen. Einmal im Jahr kann man schon um drei Uhr früh aufstehen. Notfalls gehe ich eben gar nicht schlafen. Ich kann mich nur im Augenblick nicht weiter mit solchen Details auseinandersetzen, weil unser Gefängnishotel durch meine Gedanken geistert.

»Das ist jetzt drei Jahre her«, sagt der Reiseleiter. »Ein Manager, noch nicht alt, hat von den Ärzten die Diagnose bekommen, dass er nur mehr einen Monat zu leben hat. Er hat sich gefragt, was er mit diesem Monat anfangen will, und ist auf die Idee gekommen, herunterzufahren. Am dritten Tag ist er am Morgen auf den Kreuzberg gestiegen. Er geht halt von Station zu Station, und bei der zwölften Station fällt er plötzlich auf die Knie, und wie von allein kann er endlich seinem Vater verzeihen, dass der in seiner Kindheit nie für ihn da war. Und von dem Zeitpunkt an war er befreit. Er ist nach Hause gefahren, zum Arzt gegangen, und wisst ihr was? Er war geheilt.«

»Jööööh!«

»Wow!«

»Wahnsinn!«

»Und so halte ich es auch. Ich verzeihe jedem. Man kann gekränkt werden, man kann beleidigt werden, aber seit ich jedem verzeihe, bin ich ein freier Mensch.«

Den Eindruck macht er auf mich nicht unbedingt, aber gut. Ich trinke einen halben Liter Mineralwasser aus und schäle eine Orange, zu der ich mir eine Kopfschmerztablette in den Mund schiebe. Der Reiseleiter steckt das Mikrophon zurück in die Halterung, schaut mich aus seinen zusammengekniffenen Augen kurz von der Seite an und setzt sich. Im Bus ist es ruhig, seine Geschichte hat Eindruck gemacht.

In mir drinnen ist es allerdings gar nicht ruhig, ich frage mich, wie ich dieses Problem lösen könnte. Um 23 Uhr soll Zapfenstreich sein? Habe ich einen Knastaufenthalt gebucht oder eine Pilgerreise? Ich drehe mich wieder nach hinten. Auch Ingo sieht aus, als würde er jeden Moment etwas Unüberlegtes sagen.

Wir halten bei Tiberias. Der Italiener bedankt sich und läuft los Richtung Zentrum. Unser Reiseleiter begrüßt den Besitzer des Ladens, und wir werden zum Einkaufen geschickt.

Im Shop entdecken Ingo und ich einen kleinen Handspiegel mit der Aufschrift: Jesus liebt dich wie du bist! Ich kaufe fünf Stück als Mitbringsel für Freunde, die Kuriositäten zu schätzen wissen. Auch ein paar Kalender mit einschüchternden Heiligenbildern lasse ich mir einpacken. Danach melde ich mich bei Rudi ab, weil ich den Rest der Strecke lieber zu Fuß gehen möchte. Er ruft mir hinterher, dass es um halb zwei Mittagessen gibt. Es ist halb eins.

Ich gehe, ohne mich umzudrehen. Ich höre Ingos Stimme. Es ist so heiß, dass ich zu laufen beginne, um so schnell wie möglich in den Schatten zu gelangen. Magere Katzen liegen unter Autos, Kinder ducken sich unter Sonnenschirme, Souvenirverkäufer zeigen sich nicht an ihren Ständen, nur barhäuptige Pilger mit energischen Bärten und hässlichen Handtaschen gehen unbeirrt ihres Weges.

Ich setze mich ins Restoran Pivnica. Der nette Kellner bringt mir eine Flasche Wasser und ein paar Servietten, mit denen ich mir den verschwitzten Oberkörper trocken wische. Ingo trudelt erst nach einer Weile ein, er hat Fotos gemacht. Er bestellt sich Wasser und Kaffee. Minutenlang sagt niemand etwas. Plötzlich bricht es aus ihm heraus:

»Die sind ja gestört! Um elf müsst ihr im Hotel sein! Was geht bitte in diesen Leuten vor? Was denken die sich? Sind wir kleine Kinder, oder was? Wieso hat da nicht einfach jeder einen Schlüssel und fertig? Ich will einen! Ich will einen Schlüssel!«

»Wir kriegen einen«, sage ich.

»Wie willst du das machen?«

»Die haben sicher nicht nur einen. Es muss einen Reserveschlüssel geben. Irgendwas muss es geben. Wir werden einen Schlüssel kriegen.«

»WAS IST EIGENTLICH, WENN ES BRENNT?«

Wir kommen um Viertel vor zwei zum Hotel. Von Rudi, der etwas am Bus erledigen muss, erfahren wir, dass das Essen für uns im Keller serviert wird. Wir gehen hinunter, wo eine lange Tafel für uns vorbereitet ist und bis auf Rudi und den Reiseleiter und die Fundamentalistinnen schon alle versammelt sind. Auf den Tischen mit den rotkarierten Tüchern stehen auch hier Krüge mit Wasser und Wein.

Kaum haben wir uns hingesetzt, trägt eine abgekämpfte Kellnerin die Schüsseln herein. Der Kappenmann winkt sie zu sich und bestellt ein kleines Bier. Eigentlich hätte ich auch gern eines, doch ich bin plötzlich so matt, dass ich den Mund nicht aufbringe.

Ingo teilt die Suppe aus. Der Liliputaner neben ihm hat sich schon vorher genommen und will gerade zu essen beginnen, als ich auf das Fehlen des Reiseleiters hinweise und mich erkundige, wer denn nun das Tischgebet sprechen wird. Der Liliputaner lässt den Löffel fallen, wird rot und schaut ängstlich in die Runde. Auch sonst traut sich nun niemand mehr zu essen. Die meisten schweigen, einige sprechen mit gedämpfter Stimme, während die Teller vor ihnen dampfen. Schließlich fange ich zu essen an, und nun legen auch die anderen los.

Neben mir sitzt die intelligente Frau. Wir unterhalten uns über Cenacolo, dessen Struktur und Grundsätze sie problematisch findet. Dass Süchtige keine medizinische Unterstützung bekommen, hält sie für verantwortungslos. Sie erzählt, sie sei Psychiaterin, und da wundere ich mich doch, warum sie hier ist. Sie sagt, sie hätte einfach das Gefühl gehabt, sie sei in ihrem Leben an einem toten Punkt angelangt, und dass sie deshalb etwas völlig anderes ausprobieren wollte. Tja, einmal entgleist jedes Leben, es fragt sich nur, wann.

Zum Hauptgang – Massen von Fleisch – erscheint der Reiseleiter.

»Habts bettet?«

Er bekommt keine Antwort. Diejenigen, die in seiner Nähe sitzen, schauen in die entgegengesetzte Richtung. Da und dort schütteln manche schuldbewusst den Kopf, wie Schüler, die vom Lehrer beim Schummeln erwischt werden.

»Ihr habts gar nicht gebettet?«

Der Reiseleiter wirft mir einen durchdringenden Blick zu, als hielte er mich für den Rädelsführer dieser Unbotmäßigkeit. Ich kann mich nicht zurückhalten, es rutscht aus mir heraus:

»Ich habe noch eigens gefragt …«

Der Reiseleiter wackelt betreten mit dem Kopf und nimmt neben dem Liliputaner Platz. Ob er betet oder nicht, sehe ich nicht, weil die Psychiaterin mich in ihr Gespräch mit dem Postboten verwickelt.

Auf den Reiseleiter werde ich erst nach dem Essen wieder aufmerksam. Es scheint um seine morgige Vertretung zu gehen, die deshalb vonnöten ist, weil er aus Organisationsgründen nicht mit auf den Kreuzberg gehen und nur die Wanderung auf den Erscheinungsberg am Tag darauf mitmachen kann. An jeder Station des Kreuzweges muss gebetet oder gesungen werden, und dafür ist eine Leitung zuständig. Mir wird ein wenig mulmig zumute, als ich höre, dass diese Aufgabe die intelligente Psychiaterin neben mir übernommen hat.

»Da kriegt sie mein grünes Buch«, sagt der Reiseleiter. »Mit diesem Buch fahre ich seit Jahrzehnten herum, das habe ich immer dabei, daraus liest sie vor.« Er macht eine Kunstpause.

»Einmal konnt ich auch nicht mitgehen, da habe ich das Buch an einen Mann übergeben. Plötzlich merke ich, er zittert. Ich greif ihm auf den Arm und frage: Wieso zitterst du so? Und er haltet das Buch in der Hand hoch und sagt: Ich trau mir das nicht zu! Dann habe ich ihm meine Lesebrille gegeben – und das Zittern war weg!«

Er schaut triumphierend in die Runde. Komischerweise lachen alle.

Oben besorge ich mir an der Theke einen Espresso und setze mich damit vor das Haus in den Schatten. Bald darauf folgen die Raucher. Wir tauschen uns über die Frage aus, wann wohl die Zimmer bezogen werden können. Da bis dahin offenbar noch etwas Zeit bleibt, gehe ich Getränke einkaufen. Als ich zurückkomme, sind meine Mitpilger gerade dabei, ihr Gepäck aus dem Bus zu holen. Ich lade mir meine Tüten und den Rucksack auf und ziehe den Koffer hinter mir her ins Hotel, wo wir uns alle schwitzend vor der Rezeption versammeln.

An der Wand entdecke ich einen Infoständer. Er enthält

allerhand fotokopierte Zettel und Broschüren, die auf das segensreiche Wirken unseres Reiseleiters hinweisen. Überschrieben sind sie mit Titeln wie »In den Kindern Jesus begegnen«, »Wenn die Gospa ruft«, »Der Auftrag Gottes – mein Auftrag?«, und darunter findet sich überall das Logo des Reisebüros. Einen ganzen Stoß davon stopfe ich in meine Tasche, einige auch in meine Hosentasche. Ich schiebe meinen Koffer nach vorne Richtung Rezeption.

Ingo winkt mir und ahmt per Handzeichen das Aufsperren einer Tür nach. Ich nicke. Dennoch ist er offenkundig nervös und drängt sich durch die Menge zu mir.

»Wir müssen den Schlüssel kriegen!«

»Ich mache das schon«, sage ich. »Geh rauchen.«

Er bleibt jedoch, und natürlich steht sofort wieder der Kappenmann neben ihm.

»Gehst du morgen auf den Kreuzberg?«, fragt der Alte.

»Na, ganz bestimmt nicht«, sagt Ingo. »Ich gehe auf keinen dieser Berge.«

Der Kappenmann zuckt zusammen. Er hebt die Hand, sein Zeigefinger ist ausgestreckt. »Das darfst du nicht! Wer nach Medjugorje fährt und auf keinen der Berge geht, der STOLPERT IM LEBEN – UND FALLT!«

Im Gegensatz zum erschauernden Postboten neben ihm zeigt sich Ingo mäßig beeindruckt, wiederholt nur, dass er keine Sekunde lang auch nur einen Gedanken daran verschwenden würde, morgens um zwei Uhr aufzustehen und dann sieben Stunden lang wandern zu gehen. Der Kappenmann ist sichtlich entsetzt und murmelt mehrmals etwas vor sich hin.

Minuten vergehen. Wir stehen zusammengepfercht da und schwitzen. Endlich zeigen sich der Hotelchef und der

Reiseleiter. Ich schiebe mich etwas näher an die beiden heran. Sie stecken ihre Köpfe über dem Zimmerplan zusammen. Als die Zimmerverteilung beginnt, wende ich mich zunächst an den Reiseleiter.

»Wir hätten da eine Frage … Gibt es vielleicht doch einen zweiten Schlüssel für die Eingangstür des Hotels? Wir wissen nämlich schon jetzt, dass …«

»Da ist der Chef, ihn musst fragen!«, sagt der Reiseleiter, ohne mich anzusehen, und deutet hinter sich, wo der andere alte Herr noch über seinem Plan brütet.

Ich ignoriere die schroffe Antwort und trete an den Hotelchef heran, von dem ich schon weiß, dass er Deutsch spricht.

»Wir hätten da eine Frage … Wir haben gehört, es gibt für Hotelgäste keinen Schlüssel zum Hotel, und man muss um 23 Uhr da sein. Wir wissen aber schon jetzt, dass wir nach 23 Uhr nach Hause kommen werden. Na ja, und da wollte ich fragen, ob es vielleicht doch irgendwo einen Zweitschlüssel gibt, den wir haben könnten …«

»Das heißt BITTE!«, sagt neben mir der Reiseleiter.

Einen Augenblick lang bin ich baff. Ich halte mich für einen gutmütigen Menschen und rege mich nicht über jede Kleinigkeit auf, doch irgendwann ist das Fass voll. Auf meine womöglich ein wenig ungestüm vorgebrachte Frage hin, ob er noch ganz bei Trost sei, versucht der Reiseleiter einzulenken und behauptet, er hätte es nicht so gemeint, aber im Gegensatz zu ihm bin ich ja keiner, der jedem alles verzeiht, zumal ich auch noch nicht die Liebe Gottes erfahren habe.

»SAGEN SIE, GEHT ES IHNEN NOCH GUT? WIE KOMMEN DENN SIE AUF DIE IDEE, MICH HIER ZU MASS-

REGELN, SIND SIE EIGENTLICH NOCH ZURECHNUNGSFÄHIG?«

»Es war ja nicht …«

»WAS IST DAS FÜR EINE ART? SIE QUARTIEREN UNS IN EINEM HOTEL EIN, IN DEM ES PFLICHT IST, UM ELF ZU HAUSE ZU SEIN, UND DANN KOMMEN SIE MIT HÖFLICHKEITSTIPPS?«

»Ich wollte nicht …«

»ICH WAR SCHON IN VIELEN HOTELS AUF DER GANZEN WELT, ABER SPERRSTUNDE GIBT ES NUR IN JUGENDHERBERGEN! ICH HABE EINE PILGERREISE GEBUCHT UND KEINEN GEFÄNGNISAUFENTHALT! UND DANN KOMMEN SIE MIR MIT DER BENIMMSCHULE?«

»Ja, ja, es war ja nicht so gemeint …«

Ich wende mich von ihm ab und sage zum still daneben stehenden Chef:

»Ich hätte gern einen Schlüssel für ein Zweibettzimmer. Und einen für die Eingangstür. BIT-TE!«

Der Hotelchef fummelt in einer Schublade herum und überreicht mir kurz darauf wortlos den Haustorschlüssel, dann den für unser Zimmer.

»DAN-KE!«, sage ich, mehr in Richtung Reiseleiter.

Ich schnappe meine Sachen und trample zum Lift. Unterwegs treffe ich den Tennislehrer. Ich schimpfe drauflos, überraschenderweise schimpft er sofort mit.

»I loss mir vü gfallen, owa irgendwaunn reichts«, sagt er. »Dass de mir sogen, waunn i ins Bett soll, is jo a Witz.« Er zieht sein Handy aus der Tasche. »Kaunn i dei Telefonnummer hom? Für den Obend? Wegn den Schlüssl?«

Wir fahren mit dem Lift nach oben. Auf dem Flur reißt mir eine Tüte, Flaschen und Dosen kullern heraus. Ich drücke Ingo den Zimmerschlüssel in die Hand. Er sperrt auf, das Zimmer ist geräumiger als das erste. Einen Fernseher oder eine Minibar gibt es natürlich auch hier nicht. Die Dosen sammle ich auf, die Flaschen kicke ich ins Zimmer. Nachdem ich meinen Koffer neben dem Bett abgestellt habe, schlage ich die Tür zu.

Ich stelle mich unter die Dusche, doch danach bin ich noch immer aufgebracht. Ich sage Ingo, wo ich zu finden sei, er sagt, er würde nachkommen. Er hat die Nase gestrichen voll von allem und will sich den Vortrag von Annalinda Antilopa sparen.

Im Restoran Pivnica unterhalte ich mich mit dem Kellner. Als ich ihm erzähle, dass mein Vater in der Herzegowina geboren wurde, geht ihm das Herz auf: »Bosanac! Brate!«

Er stellt mir zu meinem Bier einen Schnaps aufs Haus hin. Eigentlich habe ich keine große Lust darauf, aber unhöflich möchte ich auch nicht sein. Der Kellner geht ab, und ich entdecke zwei Tische weiter Intschu-Tschuna, der eine Zigarre schmaucht und vor sich ein großes Stück Torte stehen hat. Er streckt den Daumen hoch und nickt mir zu, ich nicke zurück.

Zehn Minuten darauf stellt Ingo seine Fototasche neben mir ab und bestellt Campari. Nur wenig später erscheint der Tennislehrer und entscheidet sich ebenfalls für Bier, zusätzlich bestellt er eine Runde Schnaps, der er bald eine weitere folgen lässt, worauf ich mich gezwungen sehe, auch eine zu bestellen.

Ich bin natürlich wieder viel zu träge und desinteressiert, Ingo aber unterhält sich angeregt mit dem Tennislehrer. Der berichtet, er hätte bis vor kurzem ein Lotterleben geführt (er drückt es signifikant plastischer aus) und binnen weniger Wochen mit achtzig Frauen geschlafen.

»Am Laund! Do geht des leicht. In der Stodt is des jo viel schwieriger. Aber daunn hot mir der Schaas nix mehr geben. Des Leben muss jo an Inhoit haben, du kaunnst net immer nur Vullgas geben, des ist doch a Dreck.«

»Und die Psychiaterin ist deine Freundin?«, kann ich mir nicht verkneifen zu fragen.

»Naa. Halt nur a Freundin. Sunst nix. Geht's ihr muang aufn Berg?«

»Er überlegt sichs«, sagt Ingo und zeigt auf mich. »Ich ganz bestimmt nicht.«

»Oiso i werd gehn. Des ist sicher intressant. Maunche rutschen jo auf die Knia auffi. Prost!«

»Prost. Was tun sie?«

»Sie rutschen auffi. Stundenlaung. Bei der Mess gibt's a immer wölchane, de auf die Knia viarirutschen, owa do oben aum Berg is no ärger.«

Ich lege Geld auf den Tisch und bitte Ingo, für mich zu bezahlen, denn ich will den Vortrag von Schwester Annalinda Antilopa nicht verpassen.

»Heast! Wart auf mi! Gehst du zu den Vurtrog? I hurch mir des a aun! Kemma zaumm gehen!«

Ich sehe noch Ingos schiefes Grinsen, dann befinde ich mich auch schon an der Seite des Tennislehrers auf der Hauptstraße. Um diese Zeit knallt hier die Sonne erbarmungslos herunter. Es hat nun die versprochenen 39 Grad, wie eine Messsäule neben der Apotheke anzeigt, und ich ärgere mich, zu Hause keine passende Kopfbedeckung gefunden zu haben, denn es besteht kein Zweifel daran, dass ich mir gerade einen Sonnenbrand auf der Glatze einfange.

Ich marschiere neben dem Tennislehrer einher, der mich mit Anekdoten aus seiner steirischen Heimat unterhält. Zögernd frage ich ihn, ob er wisse, worum es bei diesem Vortrag geht, und stelle fest, dass er erstaunlich gut informiert ist, jedenfalls besser als ich. Leider will sich in meinem von der Hitze etwas beeinträchtigten Kopf kein rechter Sinn einstellen, und irgendwann gebe ich es auf, dem geläuterten Frauenverführer zuzuhören.

Beim Vortrag treffe ich auf einige bekannte Gesichter. Die Greisin ist da, die Fundamentalistinnen sind da, die Psychiaterin ist da, der Liliputaner ist da. Den Rest der etwa fünfzehn Leute kenne ich nicht, auch der Reiseleiter ist nirgends auszumachen. Ich setze mich an die Tür, von wo ich unauffällig verschwinden kann, sollte es unangenehm werden.

Die Klimaanlage wäre bereits ein Grund zu gehen, denn die schaufelt Wellen kalter Luft in den Raum, und ich habe keine Lust auf Angina. Die kriege ich ständig, und ich kriege sie meistens von Klimaanlagen, diesem Spielzeug der dummen Menschen, dieser Geißel der modernen Welt, dem schlimmsten Feind meiner Mandeln sowie jedes auch nur halbwegs anständigen Menschen.

Schwester Annalinda Antilopa sieht genauso aus, wie sich jemand wie ich jemanden wie sie vorstellt. Sie sitzt vor uns wie am Schulkatheder, wartet eine Weile, fragt dann, ob jemand die Tür schließen könne, was der Tennislehrer erledigt, und bittet sogleich zum Gebet. Ich habe niemanden, hinter dem ich mich verstecken könnte, aber das ist mir jetzt egal. Vermutlich falle ich diesen Menschen sowieso auf Schritt und Tritt negativ auf. Sie fallen mir aber auch auf Schritt und Tritt negativ auf. Nämlich durch ihre Gesichter.

Das ist es: Mich machen diese harten Gesichter mittlerweile aggressiv. In keinem Gesicht erkenne ich das, was ich erwartet habe, nämlich mindestens Offenheit und Freundlichkeit, wenn schon keine Liebe. Hier haben alle diesen harten Blick, mit Ausnahme der Psychiaterin und des Tennislehrers, und beide gehören eigentlich nicht hierher. Ich habe hier noch immer keinen einzigen Menschen gesehen, der Lebensfreude ausstrahlt oder zumindest das Gefühl vermittelt, er würde seinen Brüdern und Schwestern im Glauben mit Sympathie begegnen. Die hier, die mögen überhaupt niemanden, das sind bloß verstörte und verängstigte, im Grunde ganz rohe Seelen.

Während ich so meinen Betrachtungen über die Ausstrahlung der Pilger im allgemeinen nachhänge, schreitet der Vortrag voran. Die Schwester erzählt gerade von ihrer Berufung, und wir erfahren, dass sie eine zölibatär lebende Volksschullehrerin war, ehe eine Freundin ihren Mazda 323 um einen Baum gewickelt hat und ihr die Bude abgebrannt ist, woraufhin sie sich von Gott berufen gefühlt habe (»Jöööh!«), was ich durchaus nachvollziehen kann. Davon hätte ich gern mehr gehört, doch sie schweift wieder ab zur Beichte und allem nur erdenklichen Sündenzeug, weswegen sie mich nun vor allem mit ihrer Rhetorik in den Bann schlägt, denn die ist bemerkenswert. Die Frau wurde definitiv dafür ausgebildet, solche Vorträge zu halten, die kann das wirklich, und ein labiler Mensch mit entsprechender Glaubensdisposition wird von ihr garantiert erreicht und berührt und vielleicht sogar erschüttert werden.

Der Schnaps, die Hitze, die Müdigkeit, ich kriege nicht alles mit. Inzwischen geht es um das Fasten. Mittlerweile habe ich schon kapiert, dass es unter manchen dieser

Menschen üblich ist, mittwochs und freitags zu fasten. Die Schwester erzählt von einem Pfarrer, der seine Gläubigen ermuntert hat, von Mittwoch bis Freitag durchzufasten, den Donnerstag also auch bei Wasser und Brot zu verbringen.

Die Fundamentalistinnen schauen einander an. Ich bilde mir ein, in ihren Augen einen Entschluss aufleuchten zu sehen. Gütiger Heiland, die sind sowieso schon so dürr. Die Fundamentalistenmutter hat im übrigen auf jede Frage, die die Schwester an die Zuhörer richtet, eine Antwort, die Frau ist theologisch total auf zack.

»Wissen Sie, warum so viel Unglück in der Welt ist?«, fragt Schwester Annalinda Antilopa in den Saal, und ehe ihr die Fundamentalistenmutter zuvorkommen kann, gibt sie gleich selbst die Antwort:

»Weil es in unserer Zeit am wichtigsten überhaupt mangelt: dem Gebet. Das Gebet – heilt. Das Gebet – hilft. Das Gebet – reinigt. Das Gebet – rettet. Warum gibt es so viele Arbeitslose? Weil die Menschen verlernt haben zu BETEN! Warum bringen wir unsere Sorgen nicht der Muttergottes, damit sie sich ihrer annehme? Warum gehen wir nicht zu ihr und sagen: Mama, hilf mir! Mama, bitte, hier bringe ich dir meine Sorgen! Hilf mir, ich bin traurig, hilf mir, ich habe keine Arbeit, hilf mir, Mama, ich komme nicht zurecht!«

Man muss sich das mit einem wohlgesetzten Wechsel in der Lautstärke vorstellen, mal flüstert sie, mal donnert sie die Worte nur so in den Raum. Auf diese Weise schafft sie es auch, ihre andächtigen Zuhörer davon zu überzeugen, es würde Vollbeschäftigung herrschen, wenn die Leute bloß mehr beten würden.

Nun spricht sie über Wunderheilungen, die sie, vorsichtig ausgedrückt, in den Bereich des Möglichen rückt. Man müsse um die Heilung bitten, dann würde sie auch gewährt werden.

»Aber wenn jetzt Gott nicht heilt, trotz Ihrer Gebete, was ist dann? Dann (*kurze Pause, Flüstern*) haben Sie eine besondere Berufung. Welche? DIE BERUFUNG ZUM KREUZ!«

Mir rinnen Schauer über den Rücken. Die Zuhörer hängen an den Lippen der Schwester.

»PREISE DAS LEIDEN, WENN DAS LEIDEN DAZU FÜHRT, DASS DU ZU GOTT SCHREIST!«

Unwillkürlich frage ich mich, ob es eine gute Idee wäre, sie an den Haaren zu packen und zu ziehen, bis sie anfängt zu schreien. Ich schreibe ein paar Freunden eine SMS. Als ich aufschaue, bemerke ich, dass die Greisin aus unserer Gruppe eingeschlafen ist. Ich schreibe noch eine SMS. Und noch zwei. Die Klimaanlage macht mir zunehmend zu schaffen, es zieht von rechts und links, und die Luft ist viel zu kalt, außerdem hat jemand gefurzt. Mit einem Ohr höre ich weiterhin zu, das zweite kommt jedoch nicht mehr mit.

»... und deswegen ist die Beichte so wichtig. Die Seherinnen sehen die Muttergottes ja nicht wie eine Vision, sondern leibhaftig, wie sie Sie oder mich sehen. Sie ist angezogen wie auf den Bildern, trägt ein weißes, weites Kleid, und sie ist etwa sechzehn, siebzehn Jahre alt.

Einmal hat die Muttergottes erlaubt, dass andere Menschen außer den Seherinnen und Sehern sie berühren. Die Seher haben die Hände dieser Menschen genommen und der Muttergottes auf den Bauch gelegt. Am Ende war das schöne weiße Kleid der Muttergottes GANZ SCHMUTZIG! Und die Seherin ist auf die Knie gefallen und hat zu weinen begonnen und gefragt: ›Mama, was ist mit dir?‹ Und die Muttergottes hat geantwortet: ›Das sind die UNGEBEICH-

TETEN SÜNDEN DER MENSCHEN, die mich berührt haben!«

»Jööööh«, macht die Greisin, die soeben aufgewacht ist.

Auch der Liliputaner schnappt nach Luft. Alle sind sichtlich ergriffen. Schwester Annalinda flüstert:

»Ja, und deshalb ist die Beichte so wichtig.«

Ich bin dann so weit, mich zu verabschieden, aber gerade jetzt trudeln Reaktionen auf meine Kurznachrichten ein, die ich gleich beantworte. Danach höre ich, wie die Schwester von der Kommission spricht, die der Vatikan eingesetzt hat, um die Phänomene von Medjugorje zu überprüfen. Sie hofft sehr, dass die Mitglieder dieser Kommission überzeugt werden können und der Amtskirche empfehlen werden, Medjugorje als Wunder- und Wallfahrtsort offiziell anzuerkennen. Wie die Mitglieder aussehen und wer sie sind, weiß jedoch niemand. Es kann sogar sein, dass einer von ihnen sich gerade im Raum befindet.

Ich überlege, wie ich es anstellen könnte, von ihr für so einen Kommissionsmenschen gehalten zu werden, das wäre komisch. Aber ich glaube, das schaffe ich nicht.

»Als besondere Aufgabe als Ordensschwester habe ich mir gewählt, für die Juden zu beten. Ich bete täglich für sie. Es kommen Ungläubige, Sufis, Chinesen, Moslems hierher nach Medjugorje, aber leider keine Juden. Ich freue mich über jeden, der kommt. Doch man merkt, dass diese Menschen keinen Respekt haben vor der Eucharistie. Sie gehen herum!«

Sie schaut in den Raum.

»Und eines sage ich Ihnen: Es wird eine Zeit kommen, in der uns die Andersgläubigen auf die Pelle rücken werden. Schauen Sie sich die Moslems an, die sammeln sich!«

Rundum Nicken.

»Wir wollen zurückkehren zum Thema Sünde. Was für andere Menschen, die nicht wissen, was sie da sagen, Abtreibung heißt, ist nichts anderes als Euthanasie. Ist Mord eine Sünde? Was ist das – Mord?

Wissen Sie, was eine Mutter hört, wenn sie ihr Kind abtreiben lässt?

SIE HÖRT DAS KIND SCHREIEN! Das Kind schreit in ihr: Mama, bitte lass mich leben! Und sie …«

Vor dem Haus hat es ungefähr 25 Grad mehr als drinnen. Ich schleppe mich durch diese unbegreifliche Hitze Richtung Restoran Pivnica. Ich fühle mich angeekelt, vor allem niedergeschlagen. Da und dort mache ich bei einem Souvenirstand halt. Ich denke über das nach, was ich gerade erlebt habe. Ungefähr dreißig Jesusse schauen mich an, noch einmal so viele Gospas schauen leidend auf mich herunter. Mir ist das unheimlich, ich gehe weiter. Allerdings hilft das nicht viel, denn beim nächsten Souvenirstand sieht es nicht anders aus. Überall starrt mich Jesus an, überall schaut die Gospa auf mich herunter.

Mir fällt ein Erlebnis aus meiner Kindheit ein. In meinem atheistischen Elternhaus war Religionsunterricht verpönt, und das Innere von Kirchen kannte ich nur aus Filmen oder von Abbildungen in Büchern. Trotzdem ging ich ab und zu hin, heimlich, als ich etwa zwölf oder dreizehn war und darüber hinaus sehr unglücklich und ohne jemanden, dem ich mich anvertrauen konnte. Ich schlich durch die Kirche, roch den Weihrauch, selten sah ich Menschen. Ich betrachtete den Gekreuzigten, weinte hin und wieder, ein- oder zweimal schrieb ich mit Kugelschreiber meinen innigsten Wunsch an eine kalte glatte Wand, auf der schon eine Vielzahl von Bitten anderer Hilfesuchender stand. Ehe ich ging, studierte ich das Gesicht von Jesus an seinem Kreuz, jenes von Maria auf ihrem Sockel in der Ecke, wie sie auf mich herabsah, ohne mich direkt anzusehen. An diesen Blick erinnere ich mich, hier und jetzt auf der heißen Straße in Medjugorje, so wie ich mich zum ersten Mal seit fünfundzwanzig Jahren an diese Nachmittage erinnere, an denen ich so einsam war, wie ich es um nichts in der Welt je wieder sein möchte.

Ingo sitzt im Restoran, vor sich eine ganze Batterie von Gläsern. Es ist fünf. Wenn wir die Messe miterleben wollen, haben wir noch zwei Stunden. Der nette Kellner kommt und empfiehlt mir die Pizza als Spezialität des Hauses. Ich bestelle Pizza und Bier, Ingo ebenfalls. Ich erzähle ihm in wenigen Sätzen, was ich erlebt habe, dann erzählt er mir von seiner Fototour. Er ist mit allem hier radikal unzufrieden.

»Nur nicht aufgeben«, sage ich, »wir halten durch. Morgen gehen wir auf den Berg …«

»Gar nichts halte ich durch! Und der Berg kann mir sowieso gestohlen bleiben!«

»Dann stolperst du im Leben und fallst!«

»Ist dir klar, wie die Rückfahrt in diesem Bus aussehen wird? Zurück dauert es nämlich zwei Stunden länger, wegen Sonntag und Verkehr und Staus an den Grenzen! Das bedeutet sechzehn Stunden Fahrt! Sechzehn! DA stolperst du und fallst!«

»Reden wir morgen darüber. Heute schauen wir uns die Messe an. Das ist ganz sicher aufschlussreich.«

Ingo brummt etwas. Ich verstehe nur, dass er das Wort

aufschlussreich mit einer Obszönität kombiniert. Die Pizza kommt, wir wechseln das Thema.

Während des Essens bemerke ich, wie Ingo einen Löffel einsteckt.

»Ingo, was tust du da?«

»Ich stehle einen Löffel.«

»Ingo, wieso stiehlst du einen Löffel?«

»Mache ich überall. Das sind schöne Andenken. Ich habe Löffel aus der Hofburg, aus dem japanischen Kaiserpalast, aus dem türkischen Präsidentenbüro, aus der Privatvilla von Berlusconi …«

»Da passt ja ein Gospalöffel gut dazu.«

»Ich habe sogar einen Teelöffel aus dem Buckingham Palast. Du solltest dir auch so eine Sammlung zulegen, das ist lustig. Was man da alles zusammenkriegt …«

»Ingo, ich bin nicht der Hofschriftsteller des Bundespräsidenten, ich kann nur Löffel vom Kulturkreis Güstrow nach Hause bringen.«

»Auch sehr aufschlussreich.«

Mein Telefon läutet, mein Vater ist dran. Er verbringt seinen Urlaub in Mostar und will, dass ich ihn besuche. Er macht diesen Vorschlag nicht zum ersten Mal, und nicht zum ersten Mal erkläre ich ihm, dass ich mich auf einer Wallfahrt befinde und mit dem Bus nach Wien zurückfahren muss. Zwar ist Mostar nur dreißig Kilometer entfernt, aber eben in eine der Heimat entgegengesetzte Richtung. Und selbst wenn ich Zeit hätte, würde eine solche Reise meine momentanen psychischen Kapazitäten übersteigen. Außerdem weiß ich, dass mein Vater überall die sonderbarsten Leute kennt, und er kennt sie nicht nur, sondern schleppt sie auch an, und das kann anstrengend sein. Am allerärgsten fand ich die Episode mit dem Zöllner, der in seiner Bude Schlangen hält, denen er spaßeshalber in Schnaps getränktes Fleisch zu fressen gibt. Man sitzt in dieser Wohnung, sieht einen feixenden Irren vor sich, hört das Zischeln der potentiell todbringenden Viecher und hat Panik. Mein Vater hockt währenddessen auf dem Schrank und findet das alles lustig.

Ich lege auf, das Telefon läutet wieder, es ist meine Frau. Ich würde ihr gern sagen, was ich hier erlebe, aber jammern gilt nicht. Dabei schwitze ich wie ein Schwein, ich habe unglaubliches Kopfweh, ich sehe Leute auf der Straße, mit denen ich nichts anzufangen weiß. Die übergewichtigen Mittfünfzigerinnen mit den abgezehrten leeren Gesichtern, die zur Gottesmutter fahren, zur Gospa, zur Königin des Friedens. Die dicke ältere bulgarische Frau mit der Stoppelfrisur und dem großen Silberkreuz um den Hals. Die mageren, freudlosen Männer, alle schmutzigen Gedanken tief in ihrem Kopf vergraben. Niemand spricht. Niemand feiert.

Um halb sieben beginnt die Menge Richtung Kirche zu strömen. Wir sind unsicher, sollen wir uns vorher umziehen oder es bleiben lassen? Ingo ist für das Umziehen, ich für das Bleibenlassen. Als er jedoch zum Hotel geht, gehe ich mit.

Er duscht, ich dusche, dann streife ich das leichteste T-Shirt über, das ich besitze, es zeigt einen Mann mit blutender Nase, und darunter steht: *Cocain blows.* Ingo kriegt einen Lachanfall, als er es sieht.

»Bitte nicht! Bitte zieh das aus!«

»Na, schön ist es nicht, aber …«

»Es geht nicht um schön oder nicht schön, es geht darum, dass du so noch vor der Kirche verhaftet wirst!«

»Hast du hier schon einen Polizisten gesehen?«

»Die sieht man nicht immer.«

»Schriftsteller, 38, wegen T-Shirts in Bosnien verhaftet.«

»Na, wie du meinst. Aber eines sage ich dir: Auf mich darfst du nicht zählen, wenn es Probleme gibt.«

»Mach gute Fotos, das genügt.«

Der erste Mensch, der mir auf dem Hotelflur in die Quere kommt, ist natürlich die alte Fundamentalistin, die bei meinem Anblick tatsächlich große Augen macht. Ich muss daran denken, dass die Arme auf dieser Reise keine geistige Unterstützung erfährt, weil sie das Pech hatte, von mir aus dem Reiseleiterhut gezogen zu werden. Also, ihr Name, nicht sie. An irgendetwas muss ich sie erinnert haben, denn sie dreht sich um und geht in ihr Zimmer zurück.

Auf dem Weg zur Kirche treffen wir den Kappenmann. Anders als sonst zieht es ihn nicht an Ingos Seite, und auch der Liliputaner hält Abstand. Die Messe scheint schon im Gange zu sein, wir hören auf dem Kirchenvorplatz die übliche einfältige Kirchenmusik, die Gottesdienste in unseren Breiten begleitet.

Ingo schießt ein paar Fotos, dann erreichen wir den Platz hinter der Kirche, wo soeben ungefähr zwanzigtausend Menschen ein fremdsprachiges Gebet begonnen haben. Weiter vorne sehe ich, wie vom Tennislehrer angekündigt, einen Mann mit Amtskappenglatze, der auf Knien über den Kies Richtung Altarpodium rutscht.

Ingo sagt, er würde auf Motivsuche gehen, und wir verabreden uns in einer Viertelstunde an derselben Stelle. Er verschwindet nach hinten, ich schlendere durch die Reihen und betrachte die Gesichter der Menschen. Deswegen bin ich ja auch hier, ich will verstehen, was sie antreibt, ob sie so sind wie ich, ob sie mir gar nicht so fern sind, wie ich denke. Das ist es, was ich mir wünsche. Doch die Gesichter sagen mir wenig. Sie sind leer. Das gefällt mir nicht, weil es allen Vorurteilen entspricht, die Leute wie ich hegen. Ich würde gern etwas sehen, was es mir ermöglichen würde, mich ihnen wenigstens auf eine leise Art verbunden zu fühlen, etwas, was mich mit ihnen mitfühlen lässt, etwas, was mich mit dem Glauben an sich versöhnt.

Der Reiseleiter hat uns nahegelegt, bei Tiberias Radios zu kaufen, mit denen man die Übersetzungen der Messe anhören kann. Ich habe es nicht getan und fühle mich nun bestätigt, denn die Texte sind so einfach, dass ich fast alles verstehe, jedenfalls von der italienischen Predigt. Es geht immerzu darum, dass Jesus der Friede ist und die Liebe, dass er uns ins Licht führt und dass er das Licht ist, und an dieser Stelle beginnt die Geschichte von vorne.

Ingo und ich treffen wieder aufeinander. Ich weiß nicht, was er gesehen hat, doch unter seinem Auge zuckt es wild. Er ist nicht ansprechbar. Wir gehen einmal um den Platz herum und stoßen auf der anderen Seite wieder zum Altarpodium. Ich sehe einige Knierutscher. Die Menge singt. Alte Leute, junge Leute, normale Leute, Kinder. Ich fühle mich einsam.

Neben der Kirche stehen Menschen in Schlangen. An der Kirchenmauer sitzen zehn, zwölf Priester auf Klappstühlen, neben ihnen stehen Schilder, die die Sprache anzeigen, in der bei ihnen gebeichtet werden kann. Ein vollbärtiger Beichtvater sieht mich streng an. Über mir jault eine Kastratenstimme aus einem Lautsprecher:

»Gesuuuu, tu sei la paaaace! Gesuuuu, tu sei la paaaaceeeee!«

7. Kapitel

Flucht? – »Tomy ist in Split!« – Opodo? Cevapcici! – »Ich kneife nicht« – Die Mutter aller Anginas – Die dümmste Stimme der Welt – Pater Slavkos letztes Gebet – Freundschaften – »Des Menschen Wille ist sein Himmelreich« – Die Feigen meines Vaters – In der Apotheke

Ich gehe stampfenden Schrittes ins Restoran Pivnica und ordere bei meinem Kellner einen vierfachen Cognac und ein Bier. Ingo kommt wenige Minuten später, wirft einen Blick auf die Gläser vor mir und nickt stumm.

»Ich will hier weg«, sagt er.

»Am Sonntag«, sage ich.

»Im Ernst«, sagt er. »Ich muss weg.«

»Wieso, ist Tanja schon auf dem Weg ins Krankenhaus?«

»Nein, aber egal. Ich muss weg. Ich halte das nicht mehr aus. Ich halte nichts hier aus. Das ist der schrecklichste Ort, an dem ich je war.«

Weil ich nicht weiß, was ich sagen soll, schreibe ich eine kurze SMS an meine Frau und rufe meine Mails ab.

»Ich will hier weg«, fängt Ingo wieder an. »Tomy ist in Split. Fahren wir zu ihm. Fliegen wir von Split nach Wien. Ich kann nicht mehr in diesen Bus einsteigen. Nie mehr. Ich fahre sicher nicht mit denen nach Wien zurück. Lass uns schauen, ob wir einen Flug kriegen.«

»Ingo, wir wollten wissen, wie es hier zugeht …«

»… das wissen wir jetzt! Ich weiß alles!«

»… und ich glaubs noch nicht.«

»Wir fahren morgen Nachmittag mit dem Taxi nach Split. Übermorgen fliegen wir. Dann hast du noch morgen den ganzen Tag hier. Kannst auf den Berg gehen und Tralala. Das reicht doch!«

Der Kellner bringt ungefragt die nächste Runde. Er nennt mich wieder Bruder und gibt mir einen Klaps auf die Schulter. In gewisser Weise ist er der netteste Mensch, den ich in Medjugarje getroffen habe.

»Ich will weg«, sagt Ingo. »Ich muss weg, ich bleibe keine vierundzwanzig Stunden mehr.«

Ich merke, dem ist es ernst. Und über seinen Vorschlag kann man zumindest einmal nachdenken. In Wahrheit will ich ja auch weg. Eigentlich wollte ich über diese Pilgerreise etwas schreiben, aber gut, dann lasse ich es eben, ich schreibe sowieso zu viel. Außerdem macht mir mein Herzrasen Sorgen, ich weiß nicht, ab wann das bedenklich wird. Hier kann ich jedenfalls nicht auf Besserung hoffen.

Ich schlucke zwei Xanor und spüle sie mit Bier hinunter. In den nächsten fünf Minuten lasse ich die Finger vom Cognac.

»Okay«, sage ich. »Wir probieren es. Wenn wir einen Flug kriegen, fahren wir nach Split. Andernfalls bleiben wir da.«

»Ich bleibe nicht! Ob wir ein Flugzeug kriegen oder nicht! Notfalls fahre ich mit dem Zug! Oder mit dem Taxi!«

Mit unseren Handys suchen wir im Internet nach Flügen für den Samstag. Der erste, der mir angezeigt wird, kostet 2000 Euro. Danach kommen ein paar billigere Angebote. Dennoch kostet kein Flug weniger als 800 Euro.

»Den nehmen wir!«, brüllt Ingo, und eine alte Frau, die an ihm vorbeigeht, zuckt zusammen.

»Wie wäre es, wenn wir noch Alternativen …«

»Den nehmen wir! Das sind alles Wahnsinnige! Wir müssen weg!« Er schreit so laut, dass man es auf der anderen Straßenseite hören kann, die Leute drehen sich um und schauen zu uns herüber.

»Jetzt beruhige dich doch«, sage ich halblaut, aber Ingo ist schon aufgesprungen und schwingt sich seine Fototasche so energisch über die Schulter, dass sie im Gesicht einer alten Frau landet, wenigstens ist es nicht dieselbe wie letztens. Erschrocken entschuldigt er sich. Nun ist er etwas zugänglicher.

»Erst essen wir. Dann suchen wir ein Internetcafé und buchen den Flug. Aber erst essen und runterkommen. Okay?«

Er stöhnt und nickt und zittert dabei am ganzen Körper. Während wir auf die Rechnung warten, frage ich Tomy per SMS, ob er uns für eine Nacht beherbergen kann.

In einem Lokal ein paar Häuser weiter bestellen wir Ćevapčići. Während das Essen vorbereitet wird, trinken wir im Fünfminutentakt doppelten Cognac. Dann bringt uns eine maßlos unfreundliche Kellnerin die Ćevapčići, und sie schmecken besser als alles, was ich in dieser Stadt bisher gegessen habe.

Ingo scheint an nichts anderes als an das Flugticket nach Wien denken zu können, denn er schlingt sein Essen hinunter, wodurch er mich zwingt, mich ebenfalls zu beeilen. Wir sind noch nicht ganz fertig, da bekommen wir beide entsetzliche Bauchschmerzen. Als wir von der Toilette zurückkehren, ist alles abgeräumt, auch unsere vollen Gläser sind weg, und die Kellnerin weigert sich, uns neue zu bringen, ohne diese extra zu berechnen.

»Wer hat diese Ćevapčići verbrochen?«, brüllt Ingo die Kellnerin an.

Sie weicht zurück, ein vierschrötiger Kerl kommt auf uns zu. Ich ziehe Ingo am Ärmel.

»Ich glaube, die Gospa schickt uns ein Zeichen«, sage ich.

»Sie hasst uns.«

»Und mit Recht.«

Die Suche nach einem Internetcafé dauert lange. Ich halte von Ingo mittlerweile zwei Meter Abstand, so intensiv ist seine Ausstrahlung, so sehr merkt man ihm an, dass er jeden Moment die Fassung verlieren könnte.

Nachdem wir das Dorf dreimal rauf- und runtergelaufen sind, finden wir eine gut versteckte Bar mit zwei Computern. Ingo fällt über die steinzeitlichen Geräte her, ich stelle mich an die Theke. Von Tomy noch keine Antwort. Das gefällt mir nicht, normalerweise antwortet er im Urlaub immer sofort, denn soweit ich weiß, steckt der den ganzen August über die Füße ins Meer und spielt an seinem Handy herum.

Wir sind die einzigen Gäste. Es ist unfassbar heiß und feucht. Nach dem ersten Drink ziehe ich mir das Hemd aus, ohne mich darum zu kümmern, was der Barkeeper sagt. Er sagt nichts. Nach dem zweiten fällt mir ein, dass meine Kreditkarte wegen gewisser Vorkommnisse vor ein paar Tagen in Berlin gesperrt worden ist.

»Kein Problem«, sagt Ingo, »ich buche beide auf meine Karte, und du überweist mir das Geld.«

Nach meinem dritten Drink, ich habe mich bereits mit dem italienischen Barkeeper angefreundet, der den ganzen Ort verabscheut und nur deshalb noch hier ist, weil seine

Freundin nicht weggehen will, und schon gar nicht nach Turin, beginnt Ingo zu schreien. Er schreit und schreit, und es dauert eine Weile, bis ich verstanden habe, warum er sich so aufregt.

»Was heißt, du kriegst den Flug nicht mehr?«

»Er ist weg! Er ist weg! Es sind nur mehr die ganz teuren da! 1500 Euro pro Kopf! Aber mir egal, ich buche die jetzt …«

»Halt!« rufe ich. »Bist du verrückt, tausendfünfhu… versuch es woanders!«

Ich halte ihm ein Bier hin, aber er zieht nur an seiner Zigarette, als wäre es die letzte in seinem Leben, und hackt auf die Tastatur ein, dass ich förmlich darauf warte, sie auseinanderfliegen zu sehen. Das geschieht jedoch nicht, stattdessen brüllt Ingo auf, weil er es nun doch geschafft hat, die weniger teuren Flüge zu buchen.

»Ausdrucken! Kann man hier was ausdrucken?«

Ich frage den Barkeeper, der Ingo mustert, als sei er etwas sehr Bedrohliches. Zunächst zögert er, doch als Ingo seinen Aufstand intensiviert, geht plötzlich alles ganz leicht. Ingo druckt die Tickets aus und küsst sie.

»Sechsunddreißig Stunden! In sechsunddreißig Stunden sind wir zu Hause! Wir müssen nie mehr in diesen Bus einsteigen, nie mehr!«

»Ich schon«, sage ich düster, »morgen bringt er mich zum Kreuzberg.«

»Weißt du was?«, sagt Ingo nach einigem Sinnen. »Vielleicht gehe ich mit.«

»Auf den Berg? Nun doch?«

»Ich weiß ja jetzt, dass wir bald hier weg sind! Vielleicht gibt's ein paar gute Fotos.«

Ich rufe meinen Vater an. Er klingt nüchtern, also kann ich davon ausgehen, dass er sich merken wird, was ich ihm sage. Ich halte mich auch nicht lange mit Vorreden auf.

»Du musst uns bitte morgen von hier nach Split bringen.«

»Was? Wieso?«

»Die Pilgerreise wird geändert. Wir fahren nach Split.«

»Aber wieso kommst du denn nicht her?«

»Eine Pilgerreise endet mit der Rückkehr an den Ausgangsort. Für mich zumindest. Außerdem muss Ingo zu seiner schwangeren Frau! Bitte bring uns morgen von Medjugorje nach Split.«

»Wer ist Ingo?«

»Ich!«, brüllt Ingo, der mithören kann, weil mein Vater eine laute Stimme hat.

»Du verbreitest hier eine ziemliche Unruhe«, sage ich zu Ingo.

»Mit wem redest du?«, fragt mein Vater.

»Mit Ingo!«

»Ach so.«

»Du, wenn es dir zu weit ist, können wir ein Taxi nehmen. Ich dache nur, weil du …«

»Nein! Nein, ich freue mich, wenn wir uns sehen! Ich komme natürlich! Aber was macht ihr in Split?«

»Übernachten. Bei Tomy. Oder woanders. Du kennst Tomy. Der Wirt. Mein Stammlokal. Den Sommer verbringt er jedes Jahr in Split. Hat eine schöne große Wohnung da.«

»Hast du getrunken? Du sprichst so …«

»Holst du uns jetzt ab oder nicht?«, rufe ich.

»Klar! Aber wieso kommst du nicht her?«

»Weil es nicht geht! Was soll ich in Mostar, ich will nach Wien!«

»Ihr könnt in Split bei Ivica schlafen.«

»Wir schlafen bei Tomy, oder wir nehmen ein Hotel.«

»Ich bringe euch zu Ivica! Ein alter Freund! Er freut sich, er will dich schon lange kennenlernen!«

»Aber was habe denn ich davon?«

»Ihm gehören drei Tankstellen, weißt du.«

Ich weiß nicht, wieso ich Ja sage. Die Hitze, der Alkohol, das wirre Telefongespräch, die Müdigkeit – ich sage Ja, er soll Ivica Bescheid geben, als Ersatzquartier, falls es mit Tomy nicht klappt. Wir vereinbaren 16 Uhr, Restoran Pivnica.

Als Ingo hört, dass wir ein Taxi und ein Hotel haben, schlägt er vor, noch einen Spaziergang zu unternehmen. Ich erinnere ihn daran, wann mein Wecker heute Nacht läuten wird und dass er jetzt ja zusammen mit mir aufstehen will. Das ernüchtert ihn einigermaßen, denn es ist schon nach zehn. Wir zahlen, und ich ziehe ihn durch die schwüle Nachtluft Richtung Restoran Pivnica.

Mein Kellnerfreund stellt sofort Schnaps auf den Tisch und bringt mir wie üblich Servietten. Ich wische mir den Schweiß ab, der überall an mir klebt. Ich habe leichte Herzrhythmusstörungen, was mir aber wegen der zwei Xanor egal ist, nach zwei Xanor ist mir meistens alles egal, so kann ich trotz Flugangst auch in eine Aeroflot-Maschine einsteigen.

Wir nehmen beide noch ein Bier. Der Postbote und der Liliputaner kommen vorbei, grüßen und gehen weiter. Der Reiseleiter kommt vorbei, nickt kaum merklich und wackelt Richtung Hotel. Auch Jim den Amerikaner und die Fundamentalistinnen glaube ich in der Menge auszumachen, sonst sehe ich keine Bekannten, was nicht viel bedeuten muss, denn bis auf wenige Ausnahmen besteht unsere Pilgergruppe aus Gesichtern, die man sofort wieder vergisst. Man kann sie stundenlang betrachten und wird sich fünf Minuten später nicht mehr an sie erinnern.

Der Tennislehrer und die intelligente Psychiaterin setzen sich zu uns. Er berichtet, er hätte bei der Messe mehrere Fälle von religiöser Ekstase beobachtet.

»Mit der haben wir daunn no klass diskutiert!«

Ich habe keine Ahnung, wovon er redet. Das sieht er mir offenbar an, also fügt er hinzu:

»Mit der Konservativn! Vom Vurtrog! Zerst hob i gedacht, des is ois a Schaas, owa sie hot super diskutiert mit uns!«

Mein Kopf platzt gleich. Die Schmerztabletten habe ich im Hotel gelassen. Ich trinke das Bier in einem Zug aus und bestelle noch eins. Der Tennislehrer erzählt, die Behinderte aus unserer Gruppe sei bei der Messe von der Bank gekippt, und die Frau, die im Bus Äpfel und Postkarten verteilt hat, sei von einem Weinkrampf geschüttelt worden. Ich nicke, und er erzählt noch ganz andere Sachen, aber ich kriege nichts mehr mit.

Ingo beginnt mit der intelligenten Psychiaterin ein Gespräch, dessen Zeuge ich nicht werde, weil mir für einige Minuten buchstäblich das Licht ausgeht. Nach einer Weile schrecke ich hoch. Der Tennislehrer hat eine Runde Sliwowitz bestellt. Mir ist nicht wirklich danach, aber in diesem Zustand kann man mir alles hinstellen, und ich werde es trinken.

Jeder zahlt noch eine Runde, danach brechen wir auf. Es ist halb zwölf. Mit einem Gefühl von Genugtuung ziehe ich den Schlüssel aus der Tasche, doch die Hoteltür ist offen. Der Hotelchef sitzt an seinem Schreibtisch, schlägt mit einer Klatsche nach irgendeinem Insekt und winkt uns schläfrig zu.

Ich bitte den Tennislehrer, morgen an unsere Tür zu klopfen, für den Fall, dass ich den Wecker überhören sollte. Er verspricht es, und bei der Gelegenheit fällt Ingo ein, dass er doch nicht mit auf den Berg gehen will.

»Aha? Du kneifst die ganze Zeit!«

»Ich kneife nicht, ich schlafe mich aus.«

Zähneputzen, Wecker stellen, Licht abdrehen. Ich weiß, ich muss in drei Stunden aufstehen. Ich bin unglaublich müde. Ich habe einen aufgekratzten, lachenden Hundertkiloriesen neben mir. Wer könnte da schlafen? Ich, aber erst nach einer Weile. Und als der Wecker läutet, habe ich den Eindruck, ich hätte kein Auge zugemacht.

Eine Laterne leuchtet in unser Fenster. Ich setze mich auf. Ingo bekommt einen solchen Lachanfall, dass das Bett kracht.

»Du schnarchst, etwas Ärgeres habe ich noch nie erlebt! Das klingt wie eine Mischung aus Wirtshausschreierei und Asphaltaufreißmaschine! Ich habe NULL geschlafen!«

Allmählich wird mir klar, warum ich mich so grauenhaft fühle. Es ist gar nicht der Kater, es sind die Halsschmerzen. Jemand scheint mich erwürgen zu wollen, und wenn ich schlucke, sticht mir dieser Jemand auch noch mit einem Dolch in den Hals, so dass mir die Tränen kommen und ich schreien könnte. So krank habe ich mich schon lange nicht gefühlt. Das ist Angina. Nein, das ist nicht Angina, das ist die Mutter aller Anginas. Ich habe schon oft Angina gehabt, aber diese schlägt alles.

»Willst du da jetzt wirklich raufgehen?«, fragt Ingo, als ich mich aus dem Bett rolle.

»Du kannst ja sonst nicht schlafen«, sage ich undeutlich, weil das Reden so schmerzt.

»Sehr gut, nur kein Zögern, und viel Vergnügen.«

Unter einigen Mühen ziehe ich mich an und lasse Ingos schadenfrohes Gelächter auf mich wirken. Beim Zähneputzen schalte ich das Licht im Bad nicht ein. Meine Lymphknoten am Hals und hinter den Ohren sind so groß wie Tischtennisbälle. Das war diese Hexe. Das war Annalinda Antilopa. Das ist Gospas Rache.

Die Schmerzen sind unfassbar, sie scheinen von Minute zu Minute stärker zu werden. Mineralwasser finde ich keines, ich mache ein Bier auf und spüle damit eine Parkemed runter. Ingo erzählt mir irgendeine launige Geschichte darüber, was ich im Schlaf geredet hätte. Ich kann nur Hm, hm brummen. Ich befühle meine Stirn, mindestens 39 Grad Fieber. Nein, vorbei. Die Gospa hat gesprochen: Sie will mich nicht auf ihrem Berg. Ich verstehe. Und denke mir in diesem Moment: ›Komisch, immer wenn ich etwas empfänglicher werde für eine Stimme aus dem Himmel, bekomme ich einen Eimer Jauche über den Kopf.‹

Ich ziehe mich wieder aus und lege mich ins Bett.

»Jetzt gehst du doch nicht?«

»Nö.«

An der Tür klopft es. Ich reagiere nicht. Das Klopfen wird lauter. Wütend und unter Qualen schreie ich: »Ich war schon auf dem Berg!« Das Klopfen hört auf, ohne dass wir eine Stimme vernommen hätten.

Ich bin völlig k.o., aber an Schlaf ist bei den Schmerzen nicht zu denken. Ich halte mich nicht für wehleidig, doch das hier übersteigt alles, so eine Angina habe ich überhaupt noch nie gesehen. Es hilft nichts, ich nehme gleich noch eine Parkemed und eine Schlaftablette, denn sonst liege ich die ganze Nacht wach.

Ingo redet vor sich hin, er spricht über den Reiseleiter, Jim den Amerikaner, Intschu-Tschuna, den Tennislehrer. Ich sinke in einen Dämmerschlaf, in dem ich irgendwann die Schmerzen nur noch als eine hintergründige Bedrohung wahrnehme. Etwa gegen halb fünf nimmt dieser weniger unangenehme Zustand ein Ende, denn da beginnt Ingo zu schnarchen, was sich bei weitem entsetzlicher anhört als eine Asphaltaufreißmaschine. Obwohl ich Schüttelfrost habe, gelingt es mir dennoch, immer wieder einzudösen, bis sieben, dann nehme ich eine Mexalen gegen das Fieber und eine Xanor, damit mir mein Zustand ein wenig mehr egal ist. Ich schicke meiner Frau per SMS ein Update, die Angina erwähne ich nicht.

Ingo hört um acht zu schnarchen auf. Er grunzt einen Morgengruß und schreibt eine SMS an Tanja. Zitternd gehe ich duschen. Danach schlage ich Frühstück vor, denn ich habe die vage Hoffnung, dass die Halsschmerzen nachlassen könnten, wenn ich etwas esse.

»Ich komme nach. Was steht heute auf dem Programm? Nicht dass es mich interessieren würde.« Er hüpft aus dem Bett und geht zum Fenster. »Ah, sieh an, sie sind zurück.«

Es stimmt, gerade hält der Bus vor dem Hotel. Ich habe zwar nicht die geringste Lust, denen in meinem Zustand über den Weg zu laufen, aber ich muss sofort etwas Festes schlucken, um dieses fürchterliche Stechen in meinem Hals zu lindern. Wortlos winke ich Ingo zu und bin draußen.

Vor dem Hotel entgehe ich mit knapper Not der alten Fundamentalistin. Ich biege scharf nach rechts ab und sitze keine zwei Minuten später im Restoran Pivnica. Mein Kellner hat offenbar Dauerdienst. Er umarmt mich und fragt scherzhaft, ob ich gern einen Schnaps hätte. Als ich Rührei, Kaffee, Mineralwasser und Bier bestelle, fragt er zweimal nach.

Rührei kommt, Kaffee kommt, Mineralwasser kommt, Bier kommt. Mein Herz rumpelt wild. Ich nehme noch eine Xanor und fange an zu essen. Das geht wegen der Schmerzen beim Schlucken nicht schnell, außerdem bin ich durch das Fieber so matt, dass ich die Gabel zum Mund führe wie in Trance.

Der Kellnerfreund versucht ein Gespräch anzufangen, doch zu mehr als Nicken und Kopfschütteln bin ich nicht imstande. Abgesehen davon habe ich ja den Fehler begangen, ihm meine paar Brocken Kroatisch hinzuwerfen, und seither will er nicht wahrhaben, dass ich seine Sprache nicht wirklich beherrsche. Er redet auf mich ein, und ich verstehe kein Wort, ich habe bloß Fieber und Kopfweh und eine Monsterangina im Hals, die mir die Klimaanlage der Gospakriegerin geschickt hat.

Als Ingo seine Fototasche neben dem Tisch abstellt, bin ich mit dem Essen fertig und bestelle gerade das zweite Bier. Der Kellner fragt, ob Ingo auch eines will, doch der nimmt zunächst nur Omelette und Kaffee und beginnt sofort, eine Geschichte über den Kappenmann zu erzählen, dem er gerade im Treppenhaus begegnet ist.

»Der alte Mann ist zum dreißigsten Mal hier«, sagt er, holt sich ein Brot aus meinem Gebäckkorb und beißt krachend hinein. »Dreißigmal ist er schon mit ihm hier gewesen, und jedes Mal, wenn er mit dem Reiseleiter ein paar Worte reden will, schaut der entweder woanders hin oder geht weg oder hört nicht zu. Der könnte den alten Mann ja auch anders behandeln!«

Ingo wippt mit dem Stuhl, zuckt mit den riesigen Füßen, lässt eine Münze über den Tisch rollen, zieht wild an seiner Zigarette, redet, redet, redet.

Mein drittes Bier ist jenes, das zusammen mit den Xanor das unangenehme Fiebergefühl in einen milden Rausch verwandelt, so dass ich endlich wieder das Gesicht der Sonne zuwenden kann. Ingo isst, bestellt sich auch ein Bier, springt von einem Thema zum anderen.

Es wird zehn, es wird halb elf. Menschen strömen zur Messe herbei. Um elf, als die Messe über Lautsprecher den Platz vor der Kirche wie auch die Terrasse des Restorans beschallt, sitze ich beim fünften Bier. Es hat 39 Grad, draußen und in mir. Aus dem Lautsprecher ertönt Gesang. Die wenigen Menschen auf der Terrasse sprechen mit gedämpfter Stimme. Unter Ingos Auge zuckt es.

Wir schweigen. Ingo hat sich müde geredet. Es gibt auch nicht viel zu sagen. Die hohe Stimme aus dem Lautsprecher erdrückt alles. Die Stimme singt: »Gesuuuu, tu sei la paaaaceee.« Sie singt diesen Satz wieder und wieder. Der Satz ist einfach, die Melodie ist einfach, und die Stimme, sie klingt so dumm. Wenn eine Stimme dumm sein kann, dann ist es diese. Die dümmste Stimme der Welt singt: Jesus, du bist der Friede. Jesus, du bist der Friede. Jesus, du bist der Friede. Jesus, du bist der Friede. Jesus, du bist der Friede.

Ich bestelle, mache den sechsten Strich auf meinem Bierdeckel und greife absichtslos in meine Hosentasche. Ich fördere einen Kalender zutage, den ich vom Reiseleiter zusammen mit der Anmeldung erhalten und wohl einfach eingesteckt habe. Er enthält ein Foto des omnipräsenten Pater Slavko. Auf der anderen Seite steht:

»Die Stimme der Königin des Friedens«
vom 24. 11. 2000 von Pater Slavko Barbaric
Gebet: Herr allmächtiger Schöpfer Gott, du Schöpfer des Himmels und der Erde, Schöpfer unseres Lebens. Im Namen Deines Sohnes Jesus Christus, des Königs, mit Maria der Königin des Friedens, bitten wir Dich, befreie unser Herz von all dem was Dich stört, dass Du an erster Stelle in unserem Leben bist. Wir entsagen allen Egoismus und jedem Huldigen der eigenen Person, der Tat der Unterjochung, dem falschen Verhältnis zu anderen. Wir entsagen allem was Dich stört, Vater, dass Du mit Deinem Sohn Jesus Christus, durch den Heiligen Geist die erste Stelle in unserem Leben einnimmst. Wir legen Dir alle dar, die in die Irre gegangen sind, oder gefangen von anderen Menschen oder materiellen Dingen. Befreie Sie Herr, dass auch Sie, als Deine Kinder in Freiheit leben können und ein richtiges Verhältnis zu sich und zu anderen schaffen können. Wir bitten Dich für alle Christen, die sich mit den Namen Christen nennen, aber nicht leben, den Weg nicht folgen, den Du ihnen gezeigt hast, in Deinem Sohn Jesus Christus. Segne alle Verantwortlichen in der Kirche und in der Welt, dass Sie Ihre Stellung, Ihre Herrschaft und Macht verantwortlich leben im Lichte Christi der unser König ist und mit Dir lebt und herrscht in Ewigkeit. Amen
Pater Slavkos letztes Gebet im Radio Maria von Medjugorje

Ich betrachte noch eine Weile das abgearbeitete Greisengesicht. Optisch erinnert mich Pater Slavko an den Religionslehrer meiner Schule, der mich gar nie unterrichtet hatte, aber meinen Mitschülern riet, nach dem Sport in der Umkleidekabine meine Armbeugen unauffällig auf Einstichstellen zu kontrollieren, weil offenbar jemand, der seine Zeit mit Büchern verbrachte, in seiner Vorstellung nur drogensüchtig sein konnte. Ich stecke den Kalender wieder weg und schreibe ein paar SMS.

Meine Halsschmerzen lassen ein wenig nach, und es entwickelt sich mit Ingo ein substantielles Gespräch über Männerfreundschaften. Ich freue mich, denn ich habe in letzter Zeit das Gefühl, mir würden meine männlichen Freunde abhandenkommen. Entweder haben sie keine Zeit, oder ich habe keine Zeit. Das ist bei den Frauen, mit denen ich befreundet bin, anders. Entweder arbeiten die weniger, oder sie haben ein besseres Zeitmanagement. Jedenfalls sitze ich immer öfter mit Frauen zusammen und rede über dies und das, während meine Männerfreunde nur alle paar Wochen aus ihren Löchern kriechen.

Mit Frauen zu reden ist natürlich genauso toll, doch ich würde mir etwas mehr Ausgewogenheit wünschen. Und daher freue ich mich über die Unterhaltungen, die Ingo und ich hier führen. Schon deshalb, weil ich weiß, wie schwierig es ist, neue Freundschaften zu entwickeln.

Angeblich findet man jenseits der dreißig ja keine besten Freunde mehr. Kann wirklich sein. Von mir aus müssen es aber gar nicht gleich die besten Freunde sein, ich freue mich schon über neue gute Freunde. Wir haben eben zu wenig Zeit, um uns auf neue Menschen einzulassen, damit aus Begegnungen Freundschaften werden. Ich gebe mir mitunter große Mühe, muss aber gestehen, dass ich schnell wieder aufgebe, wenn ich keine entsprechende Reaktion bekomme. Bei Ingo ist das nicht der Fall, das freut mich. Auch wenn ich nicht das Gefühl habe, dass er mit mir restlos zurande kommt, dazu höre ich noch zu oft von ihm, ich sei geisteskrank. Denn das bin ich sicher nicht, ich weiche nur dem Hass und dem Wahnsinn und all der dunklen Energie der Leute aus, aufs entschiedenste und mit meinen Methoden.

Wieso habe ich eigentlich ausgerechnet Ingo gefragt, mit mir hierherzufahren? Erstens, weil ich ihn mag. Ich mag seinen Humor, ich mag seine Kraft, ich mag seine Aufrichtigkeit und Geradlinigkeit. Zweitens, weil er anders denkt als ich. Irgendwas in seinem Kopf tickt anders als in meinem, und das empfinde ich als befruchtend.

Ingo ist ein schlauer Kerl, der mir schon eines meiner alten Vorurteile abgewöhnt hat, nämlich das hinsichtlich des Zusammenhangs zwischen Rechtschreibfähigkeit und Intelligenz. Ingo hat eine vollkommen außerirdische Orthographie, aber er ist gleichzeitig sehr intelligent. Ich liebe so etwas, ich liebe es, wenn ich erkenne, etwas falsch eingeschätzt zu haben. Ich meine, ich liebe nicht die falsche Einschätzung, ich liebe die Erkenntnis.

Dieses Vorurteil treibt viele um, ich führe es auf eine kleinbürgerliche Erziehung zurück. Es gibt ja nicht wenige Menschen, die sich auf ihre angeblich perfekte Rechtschreibung einiges einbilden. Sie halten sich nachgerade fest an ihren korrekten ths und ss und der perfekt einstudierten Groß- und Kleinschreibung. So etwas mag ein Indikator für was auch immer sein, aber im Augenblick sitzt neben mir ein Mensch, der Pflicht ohne t schreibt und sämtliche andere Rechtschreibsünden begeht, und ich weiß, dass er die meisten dieser peniblen Rechtschreibvögel, was Luzidität, Phantasie, Wissen, Geist, Witz und Intelligenz anbetrifft, zehnmal in die Tasche steckt.

Ich habe mich eine Weile in meinen Fiebergedanken verloren. Der kastrierte Pfarrer singt immer noch aus dem Lautsprecher sein Jesuslied. Wir bestellen Ćevapčići.

Ich schleppe mich zur Apotheke und besorge ein Fieberthermometer. Im Schatten vor der Tür stecke ich es mir in die Achselhöhle. 39,2. Ich habe nicht schlecht geschätzt. Die Temperaturanzeige neben dem Eingang steht auf 39,5 Grad. In mir ist es also doch geringfügig kühler als draußen.

Die Ćevapčići stehen bereits auf dem Tisch. Anders als am Vorabend gibt es keine Zwischenfälle. Wir bestellen Campari Orange und Gin Tonic, spielen mit Bierdeckeln und notieren nebenbei, was wir auf der anderen Straßenseite an Geschäften sehen.

Holli Nr. 4 – Souvenir Vis – Boutique IN – Mini Market – Gold Shop »Elez« – Souvenir Giuseppe – Souvenir St. Alliance – Suvenir Shop »Matea« – Souvenirs MIR – Souvenirs Peace – Souvenirs Shop Veritas – Souvenir Primo – Souvenir Holli Nr. 1 – Restoran Lukas – Restoran Trory – Souvenir N.N. – Souvenir Royal – No. 1 von irgendwas. Diese Läden befinden sich auf den von uns einsehbaren 60 Metern der ungefähr 2 Kilometer langen Hauptstraße, und es geht immer so weiter, auf beiden Straßenseiten: das ist Medjugorje.

Der Kellner bringt unaufgefordert weitere Getränke. Wir bedanken uns per Handzeichen, denn unterhalten kann man sich nicht mehr, der Pfarrer flippt jetzt völlig aus.

»SANTO! SANTO! SANTO! HOSAAAAAAANNA! HOSAAAAAAANNA! HOSAAAAAAANNA! PAAAACE! PAAAAACE! PAAAAACE! GESU, TU SEI LA PAAACE! GESU, TU SEI

L'AMORE! SANTO! SANTO SANTO! PAAACE! PAAACE! HOSAAAAAAANNA! HOSAAAAAAANNA! HOSAAAAAANNA!!!!«

»Heißt das nicht Hosianna?«, schreie ich.

»Ich glaube schon«, schreit Ingo zurück. »Weiß nicht.«

»Aber der singt doch Hosanna, oder?«

»Was?«

»Singt der nicht Hosanna?«

»Weißt du, wie egal ... Weißt du, was der mich mit seinem Hosanna kann?«

Ich nehme noch eine Parkemed, und wir zahlen. Auf dem Weg zum Hotel wird mir kurz schwarz vor Augen. Ich bleibe im Schatten vor einem Souvenirshop stehen, bis die Verkäuferin versucht, mir einen bronzenen Jesus mit verzückter Leidensmiene anzudrehen. Mir geht durch den Kopf, dass ich bald auch so aussehen könnte, wenn ich nichts gegen die Angina unternehme.

Den Rest der Strecke lege ich so langsam zurück, dass Ingo Zeit hat, seine Kamera auszupacken und Fotos von den umliegenden Hinterhöfen zu schießen. An einem Stand kaufe ich zwei Flaschen eiskaltes Mineralwasser. Meines trinke ich, ohne abzusetzen, aus.

Vor dem Hotel treffen wir den Reiseleiter.

»Habts euch das Programm für heut angschaut? Ist was für euch dabei?«

»Nein«, sagt Ingo, »wir werden heute Nachmittag nach Split weiterfahren, unsere Reisepläne haben sich geändert.«

Der Reiseleiter schaut an uns vorbei.

»Des Menschen Wille ist sein Himmelreich«, sagt er und wackelt von dannen.

Ingo hat irgendetwas zu besorgen, und ich stelle mich unter die Dusche. Weil ich mich allein wähne, gehe ich splitternackt ins Zimmer zurück und rubble mir dabei Kopf und Gesicht ab, was meine Sicht natürlich stark einschränkt. Als ich das Badetuch absetze, steht vor mir eine sehr blonde junge Putzfrau und schaut. Man scheint ihr die Zunge herausgeschnitten zu haben, denn sie drückt sich stumm an mir vorbei und zieht die Tür zu. Mich lässt der Zwischenfall eher kalt, mir sind schon weitaus peinlichere Dinge passiert.

Ingo kehrt wenig später mit Batterien für seine Kamera zurück und schimpft über irgendetwas. In Zeitlupentempo packe ich meinen Koffer. Ingo weiß Interessantes über den Liliputaner zu berichten, den offenbar die Fundamentalistenmutter unter ihre Fittiche genommen hat, denn er will sich heute nur von Wasser und Brot ernähren. Weiters ist die Frau mit den Äpfeln und Postkarten beim Arzt, weil sie psychische Probleme hat. Ich höre nicht wirklich zu, mir ist schlecht, außerdem spüre ich das Fieber wieder stärker, und ich hasse Fiebergefühl im allgemeinen, speziell dieses, denn die Hitze im Zimmer und auf der Straße quält mich schon genug. Außerdem bin ich wahnsinnig müde, als ich mich kurz auf das Bett setze, komme ich kaum wieder hoch.

»Nehmen wir das Gepäck gleich mit?«, fragt Ingo.

»Ich nicht, ich mag nicht mit dem Koffer in der Kneipe sitzen.«

»Wäre aber ein schönes Fotomotiv.«

»Ich fotografiere dich gern mit deinen Koffern.«

Als ich vor dem Lift warte, habe ich solche Herzrhythmusstörungen, dass mir die Luft wegbleibt. Die Fundamentalistenmutter steckt den Kopf aus der Tür. Unsere Blicke begegnen sich. Sie schließt die Tür genau in dem Moment, in dem ich mich instinktiv auf sie zu bewege, weil ich das

Gefühl habe, gleich umzukippen. Der Lift geht auf, und ich stehe vor Intschu-Tschuna, der einen Schokoriegel futtert und zu Boden schaut.

Für den Weg zum Restoran benötige ich mehr als zehn Minuten, obwohl es keine hundert Meter sind. Ich mache ein paar Schritte, bleibe stehen, atme durch, schaue mich um, rede auf mich ein. Es ist alles gut, du bekommst keinen Herzinfarkt. Du stirbst nicht in Medjugorje. Du stirbst nicht, du lebst. Es rumpelt immer, wenn du Fieber hast. Alles ist gut. Alles wird gut.

Ich weiß, dass das nicht vernünftig ist, doch ich werfe mir im Restoran noch eine Xanor ein. Ich habe wirklich Angst. Nicht nur vor einem Herzinfarkt in Medjugorje, sondern vor allem. Lebensangst, Krisenangst, Angst vor dem Tod, vor dem Scheitern, davor, schlechte Bücher zu schreiben, Angst vor unermesslicher Einsamkeit. Ich spüre mit verstörender Intensität, ich bin allein, alle Menschen sind allein. Durch die Watteschicht um mein Hirn hindurch empfinde ich dies als Bedrohung, für die es keine passenden Worte gibt.

Ich bin froh, als Ingo wieder da ist. Er schimpft wie Rumpelstilzchen über alle Leute, die er sieht, und der Anfall ist von einer solchen Wildheit, dass ich mir ernsthaft überlege, ihm heimlich eine Xanor ins Bier zu schmeißen. Ich verziehe mich in den Souvenirladen direkt hinter mir, wo ich mich nach langem Herumstehen zwischen Rosenkränzen und Jesusstatuen für eine Art Tafelbild entscheide, auf dessen einem Flügel die Gospa in herzloser Ausdruckslosigkeit zur Seite starrt und auf dem anderen über einem Bild der Kirche von Medjugorje steht:

Wenn ihr wüsstet,
wie sehr ich euch liebe,
würdet ihr vor
Freude weinen.

Um halb vier hält der Mercedes meines Vaters vor dem Restoran Pivnica. Mein Vater Franjo hat die ganze Familie mitgebracht. Dita, seine Frau, die ungefähr ein Jahr älter ist als ich, Denis, mein Halbbruder, Nina, meine Halbschwester. Nach der Begrüßung stellt mein Vater zwei riesige Tüten voller Feigen auf den Tisch und fordert mich auf zuzugreifen.

»Du merkst aber schon, dass das ein Gasthaus ist?«, frage ich ihn.

»Na und?«

»Ich weiß ja nicht, wie sich das hier verhält, aber bei uns darf man das eigene Essen nicht mitbringen.«

In diesem Moment kommt der Kellnerbruder vorbei, und mein Vater bestellt erstens nichts zu trinken und fragt zweitens ungeniert, ob wir die Feigen essen dürfen. Der Kellnerbruder sagt Ja, und als Gipfel der Frechheit bittet ihn mein Vater, uns Teller und Servietten zu bringen. Wir bekommen beides, und ich schäme mich ein bisschen.

»Los, los! Iss! Das sind die besten Feigen! Das sind die, die dir so schmecken!«

Eigentlich habe ich keine Lust auf Feigen, aber um ihm eine Freude zu machen, esse ich ein paar. Mein Vater und ich haben zusammen oft Feigen gegessen, als ich klein war. Wir sahen einander sehr selten, und diese Feigen bedeuten ihm etwas, ich glaube, er versucht, einiges von dem, was er als Vater nicht so gut hingekriegt hat, wieder wettmachen.

Deswegen tanzt er jetzt mit Feigen an und will mir jedes Mal, wenn ich bei ihm bin, Maiskolben braten.

Nach der fünften reicht es mir, Feigen auf Bier sind eine Wissenschaft für sich. Meinem Vater ist das natürlich trotzdem nicht genug, ich verweigere jedoch jede weitere Frucht. Mein Vater bietet sie nun Ingo an, aber der winkt nur fahl aus seinem Sessel.

»Ihr müsst sie mitnehmen!«

»Was? Die alle?«

»Na sicher! Habe ich für dich heute Morgen gepflückt! Du musst sie deiner Frau bringen!«

»Sag, bist du schon einmal mit einem Flugzeug geflogen? Weißt du, was sie sagen, wenn ich ihnen zwölf Kilo Feigen einschleppe?«

Mein Vater grinst. »Na ja … in die Tasche … du machst das schon.«

Ich sehe ein, es ist nicht besonders sinnvoll, mit ihm jetzt darüber zu reden. Überdies habe ich den Eindruck, er hätte ein bisschen gefeiert. Er trinkt durchaus mal das eine oder andere Glas, aber er verträgt nicht viel. Ich erzähle von der Angina. Es dauert ein bisschen, bis zu ihm durchdringt, dass ich mit ihm zur Apotheke gehen will, um dort Antibiotika zu kaufen.

Ich bitte den Kellnerfreund, eine Flasche Saft oder etwas in der Art zusammen mit vier Gläsern auf den Tisch zu stellen, dann folge ich gemächlichen Schrittes meinem auf die Straße stürmenden Vater, der immer schon eilig loslief, ehe er sich fragte, wo es eigentlich hingehen soll. Gerade als ich bei ihm ankomme, wächst vor mir der Reiseleiter aus dem Boden, der uns beiden einen sonderbaren Blick zuwirft, bevor er mit dem Kopf nickt und davonwackelt.

In der Apotheke steht eine hübsche junge Frau mit freundlichem Gesicht. Ich bin mit den Nerven mittlerweile so am Ende, dass ich Situationen nicht mehr deuten kann. In Österreich mag man noch so krank sein, man kriegt in der Apotheke ohne Rezept höchstens eine Nagelschere, und deshalb sage ich jetzt zu meinem Vater:

»Ich will, dass du ihr sagst, dass ich ihr die ganze Apotheke kurz und klein schlage. Ich zertrümmere hier alles, wenn sie nicht sofort Antibiotika gegen Angina herausrückt. Nein, ich habe kein Rezept. Aber ich habe Schmerzen. Und ich gehe sicher zu keinem Arzt. Sag ihr das bitte.«

Mein Vater wendet sich der hübschen Apothekerin zu und redet auf sie ein. Ab und zu zeigt er auf mich. Die hübsche Apothekerin schaut mich freundlich an und lächelt mich an. Sie fragt etwas, er fragt mich:

»Bist du allergisch gegen Penicillin?«

Ich schüttle den Kopf. Mit strahlendem Lächeln reicht uns die hübsche Apothekerin die Packung über den Tresen. Als ich bezahlen will, schiebt mich mein Vater zur Seite. Er zählt Scheine und Münzen auf den Glasteller, sie lächelt mich an.

»Wenn du das nimmst, darfst du keinen Alkohol trinken, sagt sie.«

»Sag ihr, dass so etwas bei mir auf der einen Seite rein- und auf der anderen Seite rausgeht. Sag ihr, meine Hausärztin sagt, das ist Blödsinn, sie hat alle Antibiotika durchprobiert und dazu literweise gesoffen, das macht überhaupt nichts. Sag ihr, dass mir das alles egal ist, ich will einfach meine Antibiotika und fertig.«

Er spricht mit ihr, sie lächelt mich an und hat nur Augen für mich. Mir ist das Ganze fast peinlich. Dabei habe ich mir seit vier Tagen den Kopf nicht rasiert, ich habe schon einmal besser ausgesehen. Aber dieser guten, netten Tochter des Landes gefalle ich offensichtlich sehr. Ich verabschiede mich auf Kroatisch, was sie sichtlich erfreut.

»Hast du der denn gesagt, dass ich ihr gleich die Bude zusammenhauen werde?«, frage ich vor der Tür.

»Nein.«

»Aber was hast du ihr denn gesagt?«

»Dass du der berühmteste Schriftsteller von Österreich bist. Du schreibst etwas über Medjugorje und bist krank geworden.«

Wortlos kämpfe ich mich durch die Hitze zum Restoran und schlucke ein Antibiotikum.

»Sie hat aber gesagt, Alkohol …«

Energisch hebe ich die Hand. Mein Vater wendet sich ab und beginnt Denis mit den Feigen zu terrorisieren.

Nun entspanne ich mich ein wenig. Fast möchte ich sagen, ich fühle mich wohl. Nicht einmal das gnadenlose Gesicht der jüngsten Fundamentalistin, das von der Straße zu mir herüberleuchtet, kann mich aus der Ruhe bringen. Ich habe einen Berg Tabletten, ein Auto, das mich hier rausbringt, und ein Flugticket nach Wien. Die Kirchenglocken, die in diesem Moment hinter mir zu läuten beginnen, deprimieren mich nicht mehr so sehr wie noch am Vormittag. Nur hätte ich nach mehr Schmerzmitteln fragen sollen, die Parkemed schlagen nicht richtig an.

Mit ohrenbetäubendem Gejaule des Pfarrers beginnt die Messe, weithin schallt es über die Straße. Mein Vater zuckt zusammen.

»Oh Gott, was ist denn das?«

Ich bin zu müde, um etwas zu sagen. Ingo fällt auch

nichts ein. Wir sind an unserem vorläufigen körperlichen Tiefpunkt angekommen. Psychisch geht es indes wieder aufwärts. Ich bestelle eine Runde Bier, wohl wissend, dass ich gezwungenermaßen die Gläser der Frauen selbst austrinken werde. Ich schließe kurz die Augen und döse tatsächlich für ein paar Minuten ein, ohne dass mich jemand weckt.

Als ich die Augen wieder öffne, steht vor mir ein doppelter Schnaps von meinem Kellnerbruder. Ich trinke das Glas in einem Zug aus und lasse mir vom Spender auf die Schulter hauen. Ich habe das Gefühl, die Realität sei irgendwie verschoben. Die Menschen wirken nicht echt. Die Luft flimmert. Es ist heiß. Ich bin am heißesten Ort der Welt.

»Also, ich habe mit Ivica gesprochen«, sagt mein Vater, als der Lautsprecherpfarrer kurz verstummt. »Er freut sich auf euch. Wir treffen uns in Split. Er nimmt euch dann zu sich mit nach Hause. Er hat ein großes Haus. Ein paar Freunde wollen euch kennenlernen.«

Ingo räuspert sich. »Wir könnten Tomy fragen.«

»Wer ist Tomy?«, fragt mein Vater.

»Unser Wirt«, erkläre ich. »Unser Wiener Wirt. Du kennst ihn.«

»Der ist in Split?«

»Das habe ich dir doch gestern alles schon dreimal erzählt! Wir wollten ja dort schlafen, aber du hängst uns diesen Ivica an!«

»Ihr könnt nicht zu Tomy! Das würde Ivica beleidigen! Er hat schon Freunde eingeladen, wie steht er dann da? Wie stehe ich da?«

»Oh mein Gott«, sage ich nur, und dann sage ich lange nichts mehr.

Der Pfarrer legt wieder los. Denis, Nina und Dita wollen mit dem Taxi zurückfahren. Mein Vater springt hoch, als hätte ihn etwas gestochen, und rennt zum Taxistand, wo er mit den Fahrern um den Preis schachert. Mit saurer Miene kehrt er zurück, trinkt ein Bier und geht wieder zu den Taxis.

Ich unterhalte mich mit Dita. Sie erzählt mir von ihren letzten Monaten, ich erzähle ihr von hier und von der Angina. Nachdem ich erklärt habe, ich hätte diese Krankheit von der Hexe, die ich nur unter dem Namen Annalinda Antilopa kenne, erschaudert Dita, murmelt etwas und macht komische Handbewegungen, worauf Nina in Lachen ausbricht. Ich frage, was los sei, aber Dita will es mir nicht sagen. Aufklärung bekomme ich erst von Nina: Dita glaubt, man dürfe nicht einmal das Wort Hexe aussprechen, und hat deshalb sofort mit einem Gegenfluch oder Zauberspruch reagiert.

Ingo beginnt zu fotografieren. Der Tennislehrer kommt herbei und setzt sich zu meiner Halbschwester. Aufgrund ihrer stark voneinander abweichenden Interpretation der deutschen Sprache erweist sich die Kommunikation zwischen ihnen als schwierig. Ingo fotografiert Nina mit dem Tennislehrer, während durch meinen Kopf verworrene Gedanken ziehen.

Mein Vater berichtet, er hätte ein günstiges Taxi aufgetrieben. Der Tennislehrer hat eindeutig zu alten Gewohnheiten zurückgefunden, denn vor Nina und ihm steht je ein Glas Caipirinha. Mein Vater beobachtet die Szene vollkommen gelassen, er ist bei sexuellen Dingen unüberbietbar tolerant. Er wird erst nervös, als sich ein paar betrunkene einheimische Flaumbartträger vom Nebentisch anfangen einzumischen. Darin unterscheiden wir beide uns voneinander: Ich fürchte mich weniger vor Menschen, ich fürchte mich nur maßlos vor Gespenstern.

Sowohl der Tennislehrer als auch unsere neuen Freunde vom Nebentisch sind sehr enttäuscht, als sich Nina, Dita und Denis verabschieden. Wir umarmen uns, es war ein zu kurzes Treffen, aber wir müssen nach Split. Über die Schulter rufe ich dem Tennislehrer zu, er solle noch einen Moment warten. Nachdem die Abschiedsszenen mit der Familie über die Bühne gebracht sind, gebe ich ihm den Haustorschlüssel zum Hotel.

»Super! Des ist super! Aber i weiß gar nicht, wo i hinsoll aum Obend! So schöne Madln wie dei Schwester gibts da nirgends!«

Dita winkt mir verschwörerisch. Ich schleiche mich zu ihr, während mein Vater Denis Anweisungen für die Taxifahrt gibt.

»Du musst Franjo überreden, dass er in Split schläft!«

»Was?«

»Er hat getrunken. Und die Fahrt ist lang, er wird müde sein.«

Ich bin mir wirklich nicht sicher, was ich davon zu halten habe, dass ich mit einem übermüdeten Betrunkenen 130 Kilometer nach Split fahren soll? Na ja, warum eigentlich nicht.

Meinem Vater fällt erst jetzt auf, dass wir kein Gepäck haben. Er fährt uns die fünfzig Meter zum Hotel. Das ist auch gut so, denn ich hätte es zu Fuß nicht mehr geschafft.

Ingo ist so nett, meinen Koffer herunterzubringen, dafür übernehme ich die Schlüsselübergabe. Der Hotelwirt sitzt eingesunken da und beobachtet, wie ich durch den Raum streife, der in größeren Häusern als Lobby bezeichnet wird. Die Schaukästen an der Wand haben es mir angetan. Überall hängen Fotos vom Reiseleiter. Ich ertappe mich bei dem Gedanken, dass der Reiseleiter eines Tages direkt in die Heiligkeit eingehen wird.

Wahllos ziehe ich nochmals einige der Broschüren heraus und stecke sie ein, gerade als Ingo schreiend mit dem Gepäck aus dem Lift poltert. Er lässt einige grauenhafte Flüche vom Stapel, wirft mir den Schlüssel zu und sagt nichts mehr. Ich verfehle den Schlüssel und bekomme ihn auf die Nase. Ich sage auch nichts, ich gehe damit zum Hotelwirt, der, mit der Fliegenklatsche bewaffnet, irgendeinen Punkt neben mir fixiert.

»Wir ziehen aus, wir fahren weiter«, sage ich, »aber es liegt nicht an Ihnen, nicht dass Sie glauben … Sie haben keine Schuld, Ihr Hotel gefällt uns gut.«

Es ist ihm sichtlich egal, was ich zu sagen habe, er hängt den Schlüssel an den Haken. Ich sage auf Wiedersehen, er brummt etwas, und wir sind draußen.

8. Kapitel

Heiliger Gegenverkehr – Mein Vater betrunken – Fleischduft aus dem Kofferraum – Wir erreichen Split – Mein Vater türmt – Der rätselhafte Ivica – Karl Koks – »Bin ich Krankenschwester!« – Die Kampfhunde – Perlen des verwundeten Herzens

Der erste Teil der Fahrt ist geprägt von Diskussionen über meine Bierdose, weil mein Vater Angst hat, ich könnte etwas auf dem Sitz verschütten, und vor allem über die Klimaanlage. Ich bin selbstverständlich vehement dagegen, sie anzumachen, die anderen ebenso vehement dafür, was sie mir mit kernigen Worten vermitteln, wofür ich ein gewisses Verständnis aufbringe, weil es draußen 41 Grad hat. Mein Vorschlag, die Fenster zu öffnen, wird von meinem Vater abgelehnt, weil er Angst hat, Ohrenschmerzen zu bekommen. Wir einigen uns auf einen Kompromiss. Kurz wird sie eingeschaltet, dann drehe ich sie ab und werde deswegen von Ingo im Fond wild beschimpft. Ich schreibe meiner Frau eine SMS, dass wir auf dem Weg nach Split sind.

Außer uns ist kaum jemand auf der Landstraße unterwegs. Zwischendurch wird die Strecke so kurvig, dass langsam gefahren werden muss, und ich höre durch das Fenster, das ich trotz der hysterischen Ausbrüche meines Vaters geöffnet habe, Grillen in der Hitze zirpen. In einer dieser Kurven rauscht uns ein Lastwagen entgegen und drängt uns beinahe in den Straßengraben, und mir fällt ein, dass

Medjugorje hinter mir liegt und ich nicht dort gestorben bin. Was nicht bedeutet, dass ich ab jetzt mehr Lust darauf hätte.

»Alles okay mit dir?«, frage ich meinen Vater.

»Was soll nicht okay sein?«

»Du willst doch, dass ich nichts verschütte!«

»Du kannst gar nichts verschütten, die Dose ist schon leer, du trinkst wie … wie wir sagen hier, wie eine durstige Ziege!«

»Ich werde dir deine durstige … Ganz egal, du fährst ziemlich … na, fahrig. Stell das bitte ein!«

»Weil du das Fenster offen hast! Es zieht!«

Ich lasse das Fenster hochsummen. »So, machs jetzt besser!«

Er grinst. Ich merke schon an der Art, wie er grinst, dass er besoffen ist. Das ist bei ihm immer so, es schlägt erst nach einer Weile ein, Dita hat recht gehabt. Ich denke jedoch nicht daran, mit ihm darüber zu diskutieren oder gar die Plätze zu tauschen, im Gegenteil, ich schließe die brennenden Augen und versuche zu schlafen, er wird mich schon nicht umbringen.

»Was macht dieser Ivica eigentlich beruflich?«, fragt Ingo von hinten.

»Weiß nicht«, grinst mein Vater.

»Was heißt, Sie wissen es nicht, ich dachte, er ist Ihr Freund?«

»Ja. Ja, klar.«

»Und dann wissen Sie nicht, wovon er lebt?«

»Nun … er macht dies und das. Er handelt, glaube ich. Ich weiß nicht genau. Früher hatte er drei Tankstellen.«

Ich stecke mir Kopfhörer in die Ohren und drehe Musik auf. Zehn Minuten lang genieße ich Frieden, abgesehen von meiner wachsenden Panik, wirklich und wahrhaftig einem Hitzschlag zu erliegen. Dann kommt mein Vater wieder in einer Kurve fast von der Straße ab. Ich schiebe die Kopfhörer zurück in die Tasche und rede ihm anständig ins Gewissen.

»Wollen wir … wollen wir irgendwo anhalten und etwas trinken?«, fragt er.

»Gern«, sage ich und knacke mir eine Dose auf, »aber du kriegst Kaffee.«

»Kaffee … das sehen wir dann. Gib doch acht, du verschüttest ja alles! Gib mir wenigstens auch was!«

Ich schlürfe den Schaum von der Dose und werfe einen Kontrollblick nach hinten. Mir fällt auf, dass Ingo ziemlich verrenkt am Fenster hängt, welches er einen Spalt weit geöffnet hat, und dass seine Gesichtsfarbe ins Grünliche schimmert. Bei der Strecke und der Fahrweise wundert mich das nicht. Kurven, Kurven, und dazu diese unfassbare Hitze.

Mein Herz rumpelt so heftig, dass mir die Luft wegbleibt. Mein Fieber ist wieder gestiegen. Ich schalte die Klimaanlage ein.

»Ah!«, höhnt mein Vater.

»Ach, lass mich doch in Ruhe«, sage ich.

An uns ziehen Felder vorbei, verlassen wirkende Dörfer. Kargheit allerorts, nur dann und wann ein streunender Hund. Das ist genau die Art von Landschaft, die ich faszinierend finde, obwohl sie mich auch schwermütig macht. Hier ist alles so allumfassend, so absolut, es gibt keine Ausreden, für nichts.

Je weiter ich mich von Medjugorje und den Menschen entferne, die ich dort gesehen habe, desto stärker drängt sich mir eine Erinnerung auf, und zwar an die vielleicht problematischste Liebesbeziehung, die ich je hatte. Ich weiß selbst nicht, was Laura mit dem allen hier zu tun hat, aber plötzlich sehe ich sie vor mir, so wie ich die tiefen Narben an meinen Unterarmen vor mir sehe, die von ihrem Rasiermesser stammen, und ich erinnere mich an ihre Art zu sprechen, an ihre krausen Ansichten zu Religion und zu Wiedergeburt, und so wie ich an sie denken muss, muss ich an die einzige Gewissheit denken, die ich damals aus dieser Beziehung gezogen habe: Manchmal will man auch sein Leid nicht loslassen aus Angst, dass man dann überhaupt nichts mehr hat.

»Gibt es bald eine Pause?«, fragt Ingo.

»Ich hoffe das sehr«, sage ich.

»Auf der Autobahn können wir anhalten«, sagt mein Vater, »an der Raststation.«

»Und erreichen wir die bald?«, fragt Ingo.

»Ich kann auch schneller fahren!«, schlägt mein Vater vor.

»So dringend ist es auch wieder nicht«, sagt Ingo.

Wir kommen zur Grenze, und ich erinnere mich daran, wie mein Vater, als ich klein war, jugoslawische Zöllner mit Unterwäschekatalogen bestochen hat, die in ihrer vollendeten Harmlosigkeit für die Grenzwächter das waren, was heute für jeden Dreizehnjährigen YouPorn ist.

Kurz vor dem Grenzbalken will ich ihm noch schnell einen Mentholkaugummi einschieben, doch er glaubt aus irgendeinem Grund, ich wolle ihn vergiften, und wirft den Kaugummi in hohem Bogen aus dem Fenster. Der Tumult, der darauf folgt, macht die Zöllner natürlich erst recht auf unser Auto aufmerksam, und ein griesgrämiger Schnauzbartträger fordert mit ungeduldigen Handbewegungen unsere Pässe. Als er sieht, dass wir alle aus der EU kommen, ist ihm sofort wieder alles einerlei, und er winkt uns durch. Neben dem Grenzerhäuschen liegt ein toter Fuchs. Fliegenschwärme umkreisen ihn.

Die Zöllner auf der kroatischen Seite sind noch weniger diensteifrig. Einer bohrt in der Nase, der andere liest etwas, vielleicht einen Modekatalog. Im Schritttempo fahren wir durch, jederzeit bereit anzuhalten, sollte einer der Wächter zur Maschinenpistole greifen, aber es ist wohl viel zu heiß für eine Amtshandlung. Trotzdem atme ich erst einige Kilometer später auf.

Ich kann Kontrollen nicht ausstehen, mein Puls steigt, wenn ich eine Grenzstation nur aus kilometerweiter Entfernung sehe, ich lebe in ständiger Furcht, aus dem Auto gefischt und ins Kittchen geworfen zu werden. Mit der Polizei geht es mir nicht anders. Dazu brauche ich nichts ausgefressen zu haben, der bloße Anblick einer Uniform verursacht bei mir Unbehagen.

Die Qualität der Straßen wird noch eine ganze Weile nicht besser werden, das wissen wir bereits von der Herfahrt. Ingo hängt mit verzweifelter Miene und einem immer grüneren Gesicht am Fenster, die Augen seltsam zusammengekniffen, und ich frage mich, was für ein Martyrium er durchlebt. Direkten Fragen weicht er aus, es zuckt nur unter seinem Auge. Mir tut das Umdrehen ohnehin nicht gut, ich nehme einen Travelgum und versuche geradeaus zu schauen, wo uns gerade ein Pilgerbus auf seinem Weg zur Gnadenstätte in den Graben zu fahren versucht, das Phantombild der Gospa mahnend und mächtig auf der Windschutzscheibe.

»Du, jemand hat mir erzählt, du gehst in den Moslemklub«, sage ich zu meinem Vater.

»Was tue ich? Was für ein Moslemklub?«

»Ja, das weiß ich doch nicht. Angeblich triffst du dich mit Moslems und nimmst an irgendwelchen kulturellen Runden teil oder so, keine Ahnung.«

»Wer hat dir denn diesen Blödsinn erzählt?«

»Das spielt keine Rolle. Stimmts oder stimmts nicht?«

»Ich bin in gar keinem Klub! Weder Moslemklub noch Gospaklub noch sonst wo!«

Ich glaube ihm sogar, mein Vater passt nicht in Klubs, und gläubig war der auch nie, aber man kann nie wissen, im Alter werden die Leute wunderlich, und so wie der fährt, denkt er vielleicht, er hätte eine höhere Macht auf seiner Seite. Mich hat einst auf der Strecke Gleisdorf-Graz, die über die hügelige Ries führt, als ich nicht gerade langsam unterwegs war, genau in der gefährlichsten Kurve eine Nonne überholt. Glauben will einem das hinterher keiner, aber ich schwöre, es war so, ich dachte, ich traue meinen Augen nicht.

»Pass doch auf!«, sage ich und greife meinem Vater ins Lenkrad, als er beim Reden mit beiden Armen gestikuliert, während gerade wieder ein Gospa-Fanbus nach einer Kurve vor uns auftaucht. »Soll nicht lieber ich fahren?«

»Ich könnte auch …«, kommt schwach vom Rücksitz.

»Was wollt ihr denn? Es ist alles gut! Da vorn ist die Autobahn, da halten wir an der Raststation und …«

»… du trinkst einen Kaffee.«

Ich wundere mich selbst, dass ich so ruhig bleibe. Ingo

ist hinter mir kurz davor, aus dem Auto zu springen, das ist nicht zu übersehen. Er trampelt mit den Füßen auf und ab und wetzt auf seinem Sitz hin und her. Von seiner Stirn rinnen Ströme von Schweiß, obwohl ihm der Fahrtwind durch den kleinen offenen Fensterspalt ins Gesicht bläst. Er sieht aus, als hätte er Knollenblätterpilze im Magen. Der Anblick ist so beunruhigend und buchstäblich magenumdrehend, dass ich mich mitleidig abwende und an meinen Vater ein vorwurfsvolles Kopfschütteln richte. Ingo glaubt, es gelte ihm, und ich handle mir einen Hieb in den Rücken ein.

Ich versuche nicht einmal, das Missverständnis aufzuklären. Ich stöpsle mir meine Kopfhörer ein und drehe Musik auf. Ich habe schon eine Weile keine Herzrhythmusstörungen mehr, aber das Fieber steigt wieder, das fühle ich.

Irgendwie schaffen wir es, auf die Autobahn zu gelangen, ohne unser Leben an der Kühlerhaube eines Pilgerbusses zu lassen. Als am Horizont die erste Tankstelle auftaucht, kommt Leben in Ingo.

»Da! Da!«, brüllt er. »Da ist eine Raststation! Pause!«

Ich kenne diese Eruptionen schon, aber mein Vater zuckt von dem Gebrüll so zusammen, dass er das Steuer kurz verreißt. Er wirft einen Blick in den Rückspiegel, sagt jedoch nichts. Ich sage auch nichts. Ich stecke den iPod weg und lese noch einmal Pater Slavkos Gebet an die Königin des Friedens, dann schiebe ich es meinem Vater in die Hosentasche.

»Was ist das?«, kreischt mein Vater. »Was war das? War das Scheiße?«

»Wie kommst du denn darauf, dass das … wie soll denn das gehen?«

»War das Klopapier? Was hast du gemacht?« Mein Vater

windet sich auf seinem Sitz, der Wagen gerät ins Schlingern.

»Hört ihr zwei Irren jetzt endlich auf mit dem Blödsinn?«, schreit Ingo.

»Was hast du gemacht?«, jault mein Vater. »Was war da drauf?«

»Beruhig dich, das ist eine Broschüre ... das ist ganz harmlos ... was ist denn mit dir los?«

»Ich will nicht in dieser Fleischkutsche krepieren, lasst das endlich!«, schreit Ingo. »Einer verrückter als der andere!«

»Wieso denn Fleischkutsche?«, frage ich nach hinten.

»Ist da sicher kein Schmutz drauf?«, fragt mein Vater, setzt sich aber wieder ruhig hin und schaltet den Blinker ein. »Ich kenne dich ... dich und deine Scherze! Ist das Papier sauber?«

»Jetzt schlägts aber ... ich schiebe doch niemandem Scheiße in die Hose!«

Ingo stöhnt auf. Ich schüttle nur den Kopf. Wir halten vor der Raststation, und während mein Vater mit spitzen Fingern in seine Hosentasche greift, springen Ingo und ich aus dem Auto und rennen auf dem Weg in die Bar einen kleinen Mann mit Dinamo-Zagreb-Kappe über den Haufen.

Wir warten auf unseren Espresso, fünf Minuten, zehn Minuten, der Barmann hetzt von einem Gast zum nächsten, er hat einen ganzen Bus voller Fußballfans zu versorgen. Mein Telefon läutet. Ungläubig starre ich auf das Display. Es ist die Nummer des Tennislehrers. Ich drücke den Anruf weg.

Der Kaffee kommt, mein Vater kommt nicht. Ich gehe ihn suchen. Er hat sich im Auto eingesperrt, weil er sich vor der Busladung von Fußballfans fürchtet, und ist auch nicht durch meine Beteuerung, dass es sich dabei zwar um die üblichen Idioten, aber friedliches Volk handelt, aus dem Wagen zu locken.

Ich bringe meinem Vater einen Espresso und ein Stück Kuchen ins Auto. Zurück an der Bar will ich von Ingo wissen, was mit ihm los ist, was die Verrenkungen im Auto zu bedeuten haben, er hat doch sonst nicht so einen schwachen Magen.

»Wie lange sind deine Verwandten schon in Bosnien unterwegs?«, fragt er.

»Sechs Wochen. Vor sechs Wochen sind sie in Hamburg wegge-.«

»Und ich nehme an, in guter, Tradition haben sie von zu Hause ordentlich was zum Essen mitgenommen.«

»Ja, aber wieso –«

»Im Kofferraum liegt ziemlich viel Essen, und es liegt dort seit sechs Wochen! Die Hitze und die Luft pressen den Geruch durch die Sitze nach vorne, und ich befinde mich in einer Wolke aus altem Fleisch und Käse! Es ist so grauenhaft, du kannst dir das gar nicht vorstellen!«

»Aber wieso machst du nicht einfach das Fenster auf und –«

»Ich kann nicht einfach das Fenster aufmachen und meinen Schädel rausstrecken!«, schreit er so laut, dass der Barmann und einige Fußballfans auf uns aufmerksam werden. »Der Fahrtwind fetzt mir meine Kontaktlinsen aus den Augen! Ich kann nur so schief meine Nase …« Er führt mir die Kopfhaltung vor, die ich vorhin am Fenster beobachtet habe. »So kriege ich ein bisschen Luft von draußen …« Er reibt sich mit schmerzverzerrter Miene den Nacken.

Die Fußballfans ziehen weiter in den Ramschshop. Unsere nächste Runde Kaffee kommt schneller. Insgesamt drei trinkt jeder, dann zahle ich und fasse Ingo, der schon gehen will, am Ärmel.

»Willst du vorne sitzen? Wir können ja tauschen.«

»Dir wird dreimal so leicht schlecht wie mir. Du kotzt ganz sicher. Ich schaff das schon da hinten.«

»Mir ist das aber unangenehm.«

»Kein Problem. Außerdem seht ihr zwei euch selten. Ich hab den Eindruck, ihr versteht euch ganz gut.«

Ich drücke kurz seine Schulter, dann sage ich, er solle mir nachlaufen und eine ängstliche Miene aufsetzen. Wir stürmen zum Auto, ich gestikuliere und brülle. Meinen Vater packt sofort sichtliches Entsetzen. Ich springe in den Wagen und schreie:

»Schnell! Schnell! Die sind uns auf den Fersen! Die wollen uns verprügeln!«

Meinem Vater fällt der halbvolle Becher Espresso auf die Jeans, er startet den Wagen und spuckt bei der Frage, was los sei, Kuchenstücke auf das Lenkrad. Er legt einen Kavaliersstart hin und schreit uns weitere Fragen zu, die wir nicht beantworten. Wir sind schon auf der Autobahn, als er an unseren schadenfrohen Gesichtern erkennt, was los ist. Er selbst lacht am lautesten.

Der Rest der Fahrt nach Split verläuft weniger chaotisch als der erste Teil. Entweder hat der Kaffee meinem Vater gutgetan, oder er reißt sich ein wenig zusammen. Nur Ingo sitzt verkrümmt an seinem Fensterspalt und gibt ein jammervolles Bild ab. Als er nicht damit rechnet, mache ich ein Foto von ihm. Er merkt es, doch für eine Reaktion ist er von den ihn einhüllenden Dämpfen offensichtlich zu geschwächt.

Ich schnuppere vorsichtig nach hinten. Von Fleisch- und Käseschwaden bemerke ich nichts, aber das will nicht viel heißen. Überdies kann ich ihn gut verstehen, ich finde sowieso, dass es in jedem Auto widerlich riecht, und ohne Travelgum würde ich oft das Ziel meiner Reise gar nicht oder nur stark verspätet erreichen. Ich frage mich, ob das notwendig ist, warum Autobauer nicht in der Lage sind, ihre Fahrzeuge ein wenig besser zu parfümieren. Es ist doch seltsam, dass Kinder beim Autofahren mehr kotzen als beim Fliegen.

Ich sinne diesem Gedanken nach, kurz darauf leuchtet er mir nicht mehr ganz ein, aber meine Aufmerksamkeit wird nun von der Abfahrt nach Split beansprucht. Ich frage meinen Vater, wo sein Freund wohnt, bekomme jedoch keine Antwort, denn er hat sich wieder in die Nervosität zurückgezogen. Mir wird mit einem Schlag bewusst, dass er sich in Split nicht auskennt und die nächsten Minuten sicher kein Vergnügen sein werden. Speziell für Ingo.

Wir fahren nach rechts, wir fahren nach links, wir fahren schnell, wir fahren langsam, und bald sind wir wieder dort, wo wir zehn Minuten zuvor waren. Eine halbe Stunde mache ich das schweigend mit, dann nehme ich eine Mexalen gegen das Fieber und sage zwischen zwei Schlucken aus der Bierdose:

»Würdest du mir verraten, wo genau wir hinwollen? Vielleicht kann ich helfen.«

Nach zweimaligem Nachfragen knirscht er zwischen den Zähnen hervor: »Zum Hafen.«

»Wir wollen zum Hafen? Und du kannst ihn nicht finden?«

»Ich kann ihn schon finden! Wenn da nicht dauernd diese Einbahnstraßen wären! Ich war das letzte Mal vor zehn Jahren hier, es ist alles neu und alles idiotisch gemacht, völlig unübersichtlich, merkst du doch!«

»Was, wenn du einfach dem Car-Ferry-Schild nachfährst, das an allen Ecken hängt? Das gibt es doch gar nicht, da hat der …«

»Car Ferry! Wo steht das denn? Ich sehe das nicht!«

»Dort! Überall! Du brauchst eine Brille!«

»Ach, dort! Na so weit oben sieht das ja keiner!«

Ich lasse mich auf keine Diskussion ein, ich weise ihn auf die Tafeln hin, und keine zehn Minuten später sind wir am Hafen. Ingo hat jegliches Interesse an seiner Umgebung verloren. Mit geschlossenen Augen lehnt er den Kopf gegen die Kopfstütze seines Sitzes. Mich beunruhigt, dass es unter seinem Auge nicht einmal mehr zuckt.

»Wo genau jetzt?«

»Er sagt, in der Kneipe nebenan …«

»Wo nebenan?«

»Bei der Fähre. Daneben …«

»In der Kneipe neben der Fähre? Das ist doch mal ein Anhaltspunkt! Da drüben kannst du parken!«

»Nein, ich halte nur kurz und lasse euch raus, ich fahre gleich weiter.«

»Das kommt überhaupt nicht in Frage! Erstens kennen wir den gar nicht, das ist dein Kumpel, den stellst du uns vor! Und zweitens solltest du auch hierbleiben. Es ist ziemlich weit nach Mostar.«

»Nein, ich fahre gleich, das schaffe ich schon. Und Ivica

findet ihr leicht. Oder er euch. Setzt euch einfach in die Kneipe.« Er hält an einem Taxistand, die Taxis hinter uns hupen. »Kommt schnell, wir müssen uns beeilen.«

»Das ist nicht dein Ernst?«, sage ich, doch er hört mich nicht mehr, er ist aus dem Wagen gesprungen.

Niemand hört mich, Ingo ist mit einer überraschenden Geschwindigkeit auch nach draußen geklettert und steht kotzend neben einer Laterne. Ich sammle meine Sachen zusammen und steige schimpfend aus. Mein Vater ist wieder völlig unzugänglich, er hilft mir mit den Koffern, er stellt zwei Tüten mit je sechs Kilogramm Feigen neben unser Gepäck, verabschiedet sich und ist weg. Ich winke ihm und stelle fest, dass ich von Ivica keine Nummer habe, keine Personenbeschreibung, keine Treffzeit, keine Adresse, keinen Nachnamen.

Was solls, denke ich, zum Glück gibt es Hotels, und wenn der Kerl nicht in einer halben Stunde hier ist, nehmen wir uns ein Zimmer im Hilton.

Ingo steht blass da, raucht und taumelt, ihn will ich mit diesen Details gar nicht belasten. Ich wuchte mir auch seine Tasche auf die Schulter und dirigiere ihn zur Kneipe. Sichtlich willenlos folgt er allem, was ich sage. Ich frage mich, was das für Fleisch im Kofferraum war.

Vor dem Lokal setze ich Ingo auf einen Stuhl, schiebe dezent die Feigen darunter, baue unser Gepäck rund um den Tisch auf und gehe bestellen. Die Kellnerin ist nach drei Minuten mit allem da, Magenbitter und Bier. Ingo schüttet beide Magenbitter wortlos in sich hinein, und ich winke zwei weitere herbei.

Ich lehne mich zurück. Eine leichte Brise weht um meinen unrasierten Kopf, es riecht nach Salz und Meer. Eine

Möwe fliegt über uns hinweg und verschwindet in einer eleganten Kurve hinter einem Zaun, an dem Dutzende Plakate Rockkonzerte ankündigen. Mein Blick schweift umher, ich nehme auf, was es aufzunehmen gibt. So fühle ich mich wohl. Ich will nicht lehren, ich will nicht lernen, ich will bloß da sein und schauen, jeden einzelnen Tag.

Ab und zu begegnet mein Blick dem einer jungen Frau. Ich merke plötzlich, dass ich genau das in Medjugorje kein einziges Mal erlebt habe: diese kurzen anonymen Blicke, aus denen Interesse spricht, das fast nie Tat wird, in dem aber unser ganzes Leben steckt.

Am Nebentisch unterhalten sich einige österreichische Rucksacktouristen. Darauf hätte ich allerdings verzichten können. Sie reden so laut, dass man sie nicht überhören kann.

»Hast gesehen, der Karl Koks spüüt heit!«

»Wos? Echt? Woher waast des?«

»Hängen jo überall de Plakate!«

»Super! Wo?«

»Eh do! Am Hofen! Um ööfe! Wern super Hasen da sein!«

Einige Minuten halten wir das aus, dann wechseln wir den Tisch, ohne darüber ein Wort zu verlieren. Ich übernehme es, das Gepäck umzulagern. Auf meinen dringenden Wink hin kommt der nächste Gin Tonic, mit dem ich das zweite Antibiotikum hinunterschwemme. Mir ist Herr Ivica so egal wie nur irgendwas. Ich tue, was ich schon längst hätte tun sollen, ich rufe Tomy an. Doch der hebt nicht ab.

»Wann kommt dieser Ivica?«, fragt Ingo.

»Ist schon da«, sagt hinter uns jemand mit einem starken Akzent.

Wir drehen uns um. Vor uns steht ein unglaublich fetter kleiner Mann jenseits der sechzig. Stirnglatze, Brille, braune Augen, Narben im Gesicht. Er streckt uns eine riesige Hand entgegen, auf deren Rücken im eindeutigen Gefängnisblau eine nackte Frau tätowiert ist. Wie in Trance stehe ich auf, um ihn zu begrüßen, er drückt mich jedoch mit eiserner Kraft wieder auf den Stuhl zurück.

»Bleiben! Sitzen wir, sitzen ist besser! Bin ich Ivica! Schlafft ihr bei mir und machen wir Party! Kommen Freunde und haben wir viel Spaß!«

Er fasst eine unsichtbare Frau um die Taille und deutet mit kreisenden Bewegungen an, woran er denkt. Etwas hilflos lache ich und schaue zu Ingo. Ivica bestellt Schnaps für alle, legt die Hand auf meinen Oberschenkel und sagt:

»Freue ich mich sehr, sehe ich Sohn von meine beste Freund! Weißt du, waren wir zusamme Militär. Das ist – wie sagt man – Verbinden!« Er greift sich ans Herz. »Franjo Sohn – mein Sohn! Siehst du aus wie er. Habe sofort gesehen. Können bald fahren. Ist bald Verkehr hier. Autos! Ist wegen Musik! Wo wart ihr?«

»In Medjugorje. Wir waren auf einer Wallfahrt. Genau genommen, sind wir es noch.«

»Medjugorje! Jungfrau!« Er wird ernst. »Du glaubst?«

»Nein, wir wollten uns das nur ansehen …«

»Die Gospa!« Er bekreuzigt sich, legt wieder die Hand auf mein Knie und senkt die Stimme. »Hat sie mir geholfen in Not! Hilft sie uns allen!« Er küsst den riesigen Edelstein an einem seiner Ringe, zeigt Richtung Himmel und bekreuzigt sich wieder.

Ich nicke eifrig. Mein Telefon läutet, und in der Hoffnung, es sei Tomy, greife ich so hektisch danach, dass ich den Salzstreuer umwerfe, es ist jedoch nur der Tennislehrer. Ich lasse es läuten, es wird ohnehin von Ivica überbrüllt.

»Musst du jetzt Salz nehmen und über Schulter – so – über Schulter jetzt! Machen! Jetzt! Nehmst du Salz und so! Gleich machen!«

Er wird derart energisch, dass ich es für das Vernünftigste halte, ihm den Wunsch zu erfüllen. Ich werfe mir Unmengen von Salz über die Schulter, und er strahlt.

»Ist gut so. Sonst – Unglück! Wollen wir nicht Unglück, wollen wir Glück! Ja?« Er lacht und küsst wieder seinen Ring.

Ich weiß absolut nicht, was ich sagen soll. In meiner Hilflosigkeit biete ich Ivica Feigen an und vergesse nicht zu erwähnen, dass mein Vater sie selbst gepflückt hat. Das hätte ich besser nicht tun sollen. Es folgt eine weitere, noch heftigere Ode an die Freundschaft, und natürlich müssen wir mitessen.

Ingo zündet sich die dritte Zigarette in zehn Minuten an. Unter seinem Auge geht es zu, als würde man ihn mit Stromstößen bearbeiten. Wir wechseln Blicke. Beide hoffen, dass dem anderen etwas einfällt. Ingo tippt etwas in sein Handy. Sekunden darauf piept meines. Eine SMS von Ingo, der Inhalt besteht aus nur einem Wort: TOMY!

Versuche es dauernd, schreibe ich zurück. Bei Ingo piept es, doch er kommt nicht zum Lesen, denn Ivica setzt sich nun zwischen uns, schnippt nach mehr Schnaps und prüft die Beschaffenheit von Ingos Oberschenkel.

»Bist du die Fotograf? Franjo hat gesagt. Fotografierst Präsident von Austria? Verdienst du wie viel? Eine Million in Jahr?«

Ingo ist ziemlich sprachlos, vermutlich auch deswegen,

weil er tatsächlich den österreichischen Bundespräsidenten fotografiert, zumindest hin und wieder. Er kommt jedoch nicht zu einer Antwort, was wohl ganz gut ist bei seinem Temperament, weil Ivica am Nebentisch zwei junge Frauen erspäht hat, denen er jetzt über Ingos Beine hinweg Feuer gibt und ganz offenkundig Rang und Namen seiner zwei österreichischen Freunde anzupreisen beginnt. Sie reden Kroatisch, aber Foto, Präsident Austria, Euro verstehe ich. Was er über mich sagt, kriege ich nicht mit, es muss sie aber weniger beeindruckt haben, denn während die eine nun wieder in ihrer Zeitung liest, rückt die andere ihren Stuhl näher an Ingo heran und lässt ihr Englischtalent durchschimmern.

Mein Herz rumpelt. Ich habe Atembeschwerden. Trotz all den Xanor kommt die Angst durch. Ich stehe auf, als wollte ich zur Toilette, und gehe ein wenig herum, das hilft meistens.

Jetzt hilft es leider nicht. Als ich an den Tisch zurückkehre, sitzt Ingo eingekeilt zwischen der Frau und Ivica, ihnen gegenüber haben zwei brutal aussehende Genossen der Marke Ustascha-Eliteeinheit Platz genommen. Der eine kann nicht viel älter sein als ich, den anderen schätze ich auf Mitte fünfzig. Auf dem Tisch stehen rund um die Feigen etwa fünfzehn leere und zehn volle Schnapsgläser. Ich kann keinen Sinn mehr in diesem ganzen Treiben erkennen und frage mich beunruhigt, wie wir hier rauskommen sollen.

Ich stehe da und starre auf diesen Tisch des Wahnsinns. Aufstehen, Sachen packen, gehen? Das wäre möglich. Meinem Vater bringe ich das problemlos bei. Mit Ivica könnte das schon etwas schwieriger werden. Aber will ich mir jetzt wirklich ein Hotel suchen? Ich habe keine Energie dafür. Ich kann nicht mehr. Ich will mich bloß noch ins Bett legen. Schlafen, morgen zum Flughafen fahren, weg.

Prüfend betrachte ich meinen Gastgeber und seine Freunde. So schlimm ist es gar nicht. Wovor laufe ich davon? Viele schillernde Erlebnisse, deren Andenken heute noch mein Leben bereichert, haben sich aus ziemlich dubiosen Situationen entwickelt und mich gelehrt, dass man manchmal der Dunkelheit eine Chance geben muss. Man muss nur immer wieder herausfinden, in das Licht, sich für die gute Seite der Macht entscheiden, auch und gerade ich, denn trotz aller Grenzgänge bin ich auf der guten Seite zu Hause. Und außerdem habe ich schon als Taxifahrer ganz passabel verdient, weil ich antizyklisch gefahren bin, wobei ich nicht an meinen Hang zu überhöhter Geschwindigkeit denke, sondern an meine zuweilen bizarre Standplatzwahl, die mir allerdings auch lange Nächte an irgendwelchen trostlosen Ecken am Stadtrand beschert hat. Unorthodoxes Verhalten kann also sehr positive und sehr negative Folgen haben. Möglicherweise meinen die Asiaten das mit ihrer berühmten Redewendung, man solle, wenn man es eilig hat, einen Umweg machen.

Ich setze mich, nehme ein volles Schnapsglas und proste allen zu, besonders freundlich den zwei Neuen am Tisch. Ingo starrt mich an, als sei ich vollkommen übergeschnappt. Ivica stellt mir den älteren seiner Freunde als Mate und den anderen als Zvonko vor, und ich winke nach der nächsten Runde.

»Mate – Hajduk Split«, sagt Ivica, und Mate schlägt sich auf den Oberkörper, wobei er den Brustkorb in Primatenmanier herausdrückt. »Hajduk Split Verein hier, lieben wir alle Hajduk!«, fügt Ivica hinzu, und darauf wird sofort irgendein Schlachtlied angestimmt.

›Na, gute Nacht‹, denke ich, das hier ist langweilige Unorthodoxie, doch da bringt Ivica schon alle mit einer Handbewegung zum Schweigen. Er schnalzt nach der Kellnerin, zählt von seinem goldenen Geldclip ein paar nagelneue Scheine ab und lädt die Frauen am Nebentisch ein, mit uns zu kommen, wozu sie sich nach kurzer Beratung und entgegen jedem gesunden Menschenverstand tatsächlich entschließen.

»Was soll das?«, raunt Ingo mir zu. »Willst du da wirklich mit?«

»Na ja, solche Leute habe ich noch nie aus der Nähe gesehen.«

»Ich auch nicht, und ich weiß genau, warum.«

»Willst du lieber auf Hotelsuche gehen?«

»Natürlich nicht.«

Nichts anderes habe ich von ihm erwartet, und nun gehe ich, flankiert von drei Zweimetermännern, einem kleinen Fettsack und zwei billig wirkenden Frauen, etwas unsicheren Schrittes Richtung Parkplatz. Die Halsschmerzen habe ich mittlerweile unter Kontrolle, das Fieber leider nicht, und ich frage mich, ob noch eine Mexalen drin ist oder ob mich dann die Gospa holt.

Von diesen Überlegungen werde ich abgelenkt durch den Anblick der Wagenflotte, die uns erwartet. Ich finde Autos langweilig und weiß deshalb gar nicht, was für eine Nobelmarke das ist, in deren Kofferraum unser Gepäck nebst Feigen verschwindet. Es sind eher protzige Gefährte, aber wenigstens kann man davon ausgehen, dass es darin nicht nach altem, erhitztem Fleisch riecht.

So ist es auch, und als Ingo erfährt, dass er sogar rauchen darf, lehnt er sich entspannt zurück und beginnt seine Umgebung sichtlich mit neuen Augen zu betrachten. Die Frauen steigen hinter uns bei Mate ein, Zvonko folgt in seinem eigenen Schlitten.

Ich schicke meinem Vater eine SMS: *Weißt du wirklich nicht, wovon der lebt?* Wohl ein sinnloses Unterfangen, denn erstens liest mein Vater keine SMS, zweitens könnte er sie wegen seines mangelnden technischen Verstands nicht beantworten, drittens werde ich es bald selbst herausfinden. Von Clown bis Auftragsmörder halte ich alles für möglich. Auch Tomy schicke ich eine Nachricht: *Melde dich bitte!!!*

Mein Telefon läutet. Der Tennislehrer. Ich drücke den Anruf wieder weg. Natürlich wäre es nicht uninteressant zu erfahren, was der Mann von mir will, aber es könnte sich auch um eine schlechte Nachricht handeln. Vielleicht hat das Kreuz an der Wand unseres Hotelzimmers nach unserer Abreise begonnen zu bluten.

Während der Fahrt holt mich die Erschöpfung ein. Die Müdigkeit brennt in meinen Augen, meine Glieder schmerzen, und ich sehne mich nach nichts mehr als nach einem Bett. Ich schaffe es tatsächlich, bei Ivicas gebrüllter kleiner Stadtführung einzunicken, und nach gefühlten zehn Sekunden Schlaf stehen wir vor seinem Haus. Es ist dunkel geworden, und vor dem schmiedeeisernen Tor zur Auffahrt brennen stilisierte Laternen.

»Ivica, bist du der Bürgermeister?«, fragt Ingo.

»Brauche nicht«, antwortet Ivica. »Kann ich kaufen zehn Bürgermeister, was soll ich werden Angestellter von Leute?«

Das leuchtet mir ein, aber neugierig bin ich noch immer. »Ivica, was bist du von Beruf?«

»Bin ich Krankenschwester.«

Er lacht und zeigt Richtung Meer, wo man weit unter uns den Hafen erahnen kann, an dem wir noch vor zwanzig Minuten saßen. Lichter funkeln auf dem Wasser, der Mond scheint hell, gegenüber ragt eine Bergkette auf.

»Spielt dort heute Karl Koks. Willst du lernen kennen?«

Ich will ganz bestimmt keinen Karl Koks kennenlernen, im Augenblick will ich gar niemanden mehr kennenlernen, aber direkten Widerspruch zu äußern, wage ich nicht, weil gerade ein Rudel Kampfhunde angeschlagen hat und auf uns zustürmt. Mir sinkt das Herz in die Hose. Ich habe sogar Angst vor Dackeln, und bei dem Anblick hier sträuben sich mir alle Nackenhaare. Fünf Hunde vom Kaliber eines Hound of the Baskerville springen unter wütendem Gebell vor uns herum. Ivica streichelt sie kurz, dann macht er eine herrische Geste, und sofort geben die Viecher den Weg frei. Erst da erkenne ich, dass mir ein unbedeutender Irrtum unterlaufen ist, die Kampfhunde sind nämlich modisch geschorene Pudel.

Schon an der Garderobe, wo wir die Schuhe ausziehen müssen, fallen mir drei Kreuze auf. Über eine Wendeltreppe aus Edelholz geht es hinauf in den ersten Stock, und hier hängen noch viel mehr Kreuze und Muttergottesbilder. Ingo seufzt. Ich halte es für das Beste, alle Glaubenszeugnisse zu ignorieren, und lobe Pracht und Ausstattung jedes Raumes, durch den ich geführt werde, obgleich keiner ohne Kreuze oder leidende Gospagesichter auskommt.

Nachdem wir zur Begrüßung ein Glas Dom Perignon gekippt haben, zeigt uns Ivica unsere Zimmer. Meines ist so groß, dass an der Tür ein Skateboard steht, mit dem man zum Bett fahren könnte – wenn man kann. Ich muss natürlich gleich den Versuch unternehmen und fliege dabei fürchterlich auf die Schnauze. Bei meinem Anblick meldet sich Ingo, der es auch probieren wollte, wieder ab.

»Musst du machen so!«, ruft Ivica. Er steigt auf, und ich staune, mit welcher Behendigkeit dieser Koloss auf dem Skateboard durchs Zimmer saust, er schafft es sogar, dabei den Koffer zu tragen, als sei der schwerelos. Er legt den Koffer auf das Bett, rollt zurück zur Tür und springt ab wie ein Zwölfjähriger.

Ingos Zimmer ist nicht viel kleiner. Ein Skateboard findet sich darin nicht, dafür ein Schlagzeug, das allerdings von Mate gleich mit leichter Hand hinausgeschoben wird, für den Fall, dass sie heute noch trommeln wollen. Dahinter offenbart sich ein Wald aus künstlichen Bäumen, die so hässlich sind, dass Ingo kreischend auflacht. Er kriegt sich jedoch sofort wieder ein und erklärt auf Ivicas Blick hin, genau so einen Wald wünsche sich seine Frau schon lange.

»Tanja ist übrigens hochschwanger«, mische ich mich ein, »es kann jeden Moment so weit sein!«

»TOCHTER! Trinken wir auf Tochter!«

Ivica bekreuzigt sich, schlägt Ingo mit ernstem Blick auf die Schulter, umarmt ihn, küsst seine Wangen und holt Schnaps aus einer Bar, die im Spiegel der Vorzimmergarderobe versteckt ist.

»Und wenn heute Nacht Kind klopft an Tür von Welt, ich fahre! Fahren wir alle zusamme Austria, und bringt alte Ivica dich zu Frau! Ist Ehre!«

Er fasst sich an die linke Brustseite, und ich sehe, wie Ingo erbleicht und es unter seinem Auge zu flattern beginnt. Zugleich stimmen draußen die Hunde das nächste Gewaltkonzert an. Sekunden darauf schrillt ein Alarmsignal.

Ich erschauere. Lachend beschwichtigt mich Ivica: »Ist nur Glocke von Tor.« Er klopft gegen seine dicke Armbanduhr und sagt etwas zu Zvonko, der wortlos verschwindet. Als er unten die Tür öffnet, wird das Gebell der Viecher ohrenbetäubend. Hoffentlich kommen die nicht ins Haus herein. Zum Glück wird es wieder leiser.

Wir gehen ins Wohnzimmer. Ich lasse mich auf eine Ledercouch fallen und lege die Füße auf den Tisch, als sei ich zu Hause. Wie es mir dabei gelingt, mich ausgerechnet auf meine eigene Sonnenbrille zu setzen, ist mir ein Rätsel, jedenfalls bleiben nur gebrochene Gläser und ein verbogenes Gestell übrig.

»Was wollt ihr? Freunde! Trinken, essen, Film? Habe gute Film!« Er deutet auf den Flachbildschirm an der Wand, der ungefähr so groß ist wie eine Schultafel. »Machen wir schon Party, bevor kommt Karl Koks. Aber nicht schon, kommt schon Freunde, und Frauen, alles Nachbarn.«

›Super, der schleppt uns irgendwelche Nutten an‹, denke ich, das brauche ich wirklich nicht, ist ja ekelhaft. Gerade will ich dieses Detail klären, da meldet sich seit langer Zeit wieder einmal Ingo zu Wort:

»Ivica, darf ein Freund von uns kommen?«

»Ein Freund? Euer Freund ist meine Freund!«

Er küsst seinen Ring und verdreht die Augen zum Himmel.

»Okay«, sage ich, »wir brauchen die Adresse von hier, kannst du sie aufschreiben?«

»Brauche nicht schreiben, gebe mir Hörer und sage ich ihm.«

»Später, wenn wir ihn erreicht haben.«

Mir ist die Situation so unangenehm, dass ich mache,

was ich in solchen Fällen immer mache: Ich sperre mich in der Toilette ein und forsche in meinen Hosentaschen nach Unterhaltung. Im Augenblick sind sie voll mit Broschüren und Faltblättern aus Medjugorje.

Botschaft vom 25. 02. 2007
Liebe Kinder! Öffnet euer Herz in dieser Fastenzeit der Barmherzigkeit Gottes. Der himmlische Vater möchte jeden von euch aus der Sklaverei der Sünde befreien. Deshalb, meine lieben Kinder, nutzt diese Zeit und gebt eure Sünde ab durch die Begegnung mit Gott in der Beichte und entscheidet euch für die Heiligkeit. Tut dies aus Liebe zu Jesus, der euch alle durch Sein Blut erlöst hat, damit ihr glücklich und in Frieden sein werdet. Vergesst nicht, meine lieben Kinder, eure Freiheit ist eure Schwäche, deshalb folgt meinen Botschaften mit Ernsthaftigkeit. Danke, dass ihr meinem Ruf gefolgt seid!

Nach einer Verschnaufpause, in der ich über die Schwäche meiner Freiheit nachdenke, geselle ich mich wieder zu den anderen. Unten ist erneut das Hundegebell zu hören. Minuten später begrüßt Ivica seine »Nachbarn und Freunde« und schenkt Champagner aus. Dann tritt Stille ein. Zehn oder zwölf Menschen stehen mit ihren Gläsern in den Händen da und starren die Besucher aus Österreich an, während Ivica mit Besitzerstolz auf uns zeigt, wie wir nebeneinander auf der Couch sitzen. Es werden lediglich einzelne Worte wie Austria, Präsident, Million Euro geflüstert.

Ich hole mein iPhone hervor und rufe Tomy an. Das Telefon wird sogleich Gegenstand einer diskreten Unterhaltung einiger neu angekommener Frauen. Sie mustern mich von oben bis unten wie ein Pferd in der Koppel.

Als ich Tomy nicht erreiche und auflege, bittet Ivica um Ruhe. Anders als ich erwartet hätte, folgt jedoch keine Ansprache über uns, sondern über die Feigen. In jeder Hand eine Tüte präsentierend, hält Ivica eine Rede, in der es wohl um Freundschaft geht. Der Name meines Vaters fällt, und wenn mich nicht alles täuscht, verkauft Ivica die Feigen als Liebesgabe eines alten Freundes, der ihm nach all dieser Zeit drei Dinge geschickt hat: seinen Sohn, dessen Freund – und die Feigen.

Ich starre auf meine Nägel. Von der Reise sind sie schmutzig. Ich greife wieder zu meinem iPhone, um eine SMS an wen auch immer zu schreiben, doch das wird von Ivica unterbunden. Jeder der Anwesenden muss sich nämlich eine Feige nehmen, und wie mit einem Glas Schnaps prosten alle einander zu und schreien »Živio!«.

Wie ich uns da feierlich in unsere Feigen beißen sehe, befällt mich die Vorstellung, ich hätte eine Fieberphantasie. Der Gedanke bringt mich zum Lachen. Ingo stimmt ein, und nach meinem Gefühl klingt sein Kichern nicht weniger hysterisch als meines. Er fragt mich, was mit Tomy ist. Ich schicke ihm die Nummer, damit er es auch probieren kann.

Ivica winkt mir zu, ich solle zu ihm kommen, und ich folge dieser Einladung, denn der Platz neben ihm ist immerhin nicht so exponiert wie der auf der Couch.

»Hat Dragica hier gefragt, wie viel verdienst du«, raunt er mir zu. »Habe ich gesagt zwei Millionen. Damit weißt du.«

Er zwinkert, packt Zvonko an der Schulter und zieht ihn in einen Nebenraum.

Auf mich steuern zwei stark geschminkte Frauen zu. Hilfesuchend drehe ich mich zu Ingo um, doch der steht bereits mit zuckender Wange zwischen drei bulligen Kerlen und zwei Frauen, die aussehen, als würden sie auf VOX das nächtliche Nackt-Quiz moderieren, dämpft eine Zigarette in einem edlen Aschenbecher ab, den einer der Männer in der Hand hält, und zündet sich die nächste an.

»Dragica«, haucht eine Rothaarige und streckt mir die Hand entgegen. »You are Thomas?«

Ich nicke und erfahre den Namen ihrer blonden Freundin, die Sandra heißt. Sogleich kommt Dragica auf den für sie interessantesten Punkt, sie will wissen, ob ich wirklich Schriftsteller bin und ob ich wirklich zwei Millionen verdiene. Ich schaue auf meine Schuhe und fluche vor mich hin.

Dragica beginnt mir etwas zu erklären. Ihr Englisch ist eher bruchstückhaft, was sie nach zehn Minuten sogar selbst merkt und an Sandra übergibt. Die wiederum versteht den Unterschied zwischen Denken und Schreien nicht, und mitten in ihrer törichten Geschichte hebe ich einen Finger, setze einen entgeisterten Blick auf und rufe: »Sorry! One moment!«

Ohne mich noch einmal umzudrehen, laufe ich davon. Auf dem Weg in mein Zimmer sehe ich noch Ingo, der neben dem Sofa von zwei Türsteherfiguren bedrängt wird. Ich schlage die Tür zu und drehe den Schlüssel um.

Aus einer Ecke dringen Geräusche zu mir. Als ich hinsehe, nehme ich zunächst nur ein sich ruckartig bewegendes großes Stück Fleisch wahr. Es dauert einige Sekunden, bis ich das Fleisch als die Hinterseite eines fetten nackten Mannes identifiziert habe, unter dem ein weiblicher Körper winselt. Gehört haben mich die beiden offenbar nicht, denn sie machen weiter. Ich gehe zum Bett und schreie, sie sollen gefälligst aus meinem Bett verschwinden.

»Versteht ihr? You understand? Stop fucking in my bed! Go! Leave! Get out!«

Die beiden schauen mich erschrocken an. Auch der Mann, der doppelt so groß und breit ist wie ich, aber offenbar zur gutmütigen Sorte gehört. Die beiden wechseln ein paar Sätze auf Kroatisch, dann murmeln sie eine Entschuldigung, steigen vor mir nackt aus dem Bett, wobei ich natürlich alle interessanten Details vermerke, zum Beispiel, dass der Mann einen Rieseneumel hat und die Frau eine Riesennarbe zwischen den Brüsten wie nach einer schweren Herzoperation. Sie ziehen sich notdürftig an, nehmen den Rest ihrer Kleider auf und tapsen hinaus. Hinter ihnen sperre ich ab.

Gerade auf Reisen darf man nicht zu pingelig sein, deshalb lege ich mich nach einer kurzen Inspektion auf das benutzte Bettzeug. Auf dem Nachttisch steht ein Eiskübel mit einer Flasche Champagner, daneben liegen zwei umgestürzte Gläser, deren Inhalt sich über den Teppich ergossen hat.

Ich brauche Heimat, Identität, etwas, woran ich mich festhalten kann. Am liebsten würde ich Comics lesen, doch ich bin zu faul, noch einmal aufzustehen. Aus meiner Hosentasche hole ich eine der Broschüren.

»Eure Umkehr und Entscheidung für die Heiligkeit soll heute und nicht morgen beginnen.«
So ruft uns die Muttergottes in ihrer Botschaft vom 25. November 1998 auf und betont, wir sollen das Gebet mit Ernsthaftigkeit annehmen und beten, beten, beten. Unermüdlich richtet sie diese Aufrufe an uns, damit wir diese Botschaften des Heils endlich wahrnehmen und auch verwirklichen. Wir sollen uns im

täglichen Gebet öffnen und das Gebet in den Familien erneuern. Groß sind die Versuchungen unserer Zeit: Die weltlichen Angebote übertönen die leise, zarte Einladung zu Gebet, Fasten und Umkehr.
Das sind auch die Werte von Schwester Elvira, welche im neuen Buch von Pater Slavko Barbaric »Perlen des verwundeten Herzens« am Beispiel der Drogenkranken aufgezeigt werden. Denn wenn die vollkommene Ausrichtung zu Gott erfolgt, dann beginnt die »Göttliche Therapie« und auch ein noch so großes, fast unüberwindbar scheinendes Problem, wie es die Drogensucht ist, wird mit Hilfe des Gebets, mit Geduld und Aufopferung besiegt, dem Leben wird ein neuer Sinn gegeben.

Mir ist jetzt nach einer Xanor. Ich habe Herzflattern, bin aber zu erschöpft, um noch einmal aufzustehen. Meine Augen brennen, mein Hals tut weh. Ich bleibe einfach liegen. Draußen höre ich Musik und Gebell. Mein Blick fällt wieder auf meine Nägel. Notdürftig säubere ich sie mit der Kante der Gospabotschaft, etwas anderes habe ich nicht.

Viel habe ich noch nicht herausgefunden auf dieser Wallfahrt, doch eine Erkenntnis habe ich immerhin gewonnen: Meine erste Assoziation mit Religion ist Einsamkeit und Hilflosigkeit. Und was zugleich darauf folgt, ist die Hoffnung, das Augenfällige sei doch eine Täuschung und irgendwo wirke im Verborgenen etwas Gutes, das zu Recht Gott genannt werden kann. Ja, tief in mir lebt die Sehnsucht nach dem Göttlichen, das mich nicht alleine lässt, und genau das wird mir hier bewusst: die Existenz einer stillen Übereinkunft mit mir selbst, dass ich nicht alle Türen zugeschlagen habe. Ich habe keine Ahnung, woran die Menschen glauben, die ich in Medjugorje getroffen habe. Ich habe keine Ahnung, woran die Menschen glauben, die nun vor meiner Zimmertür wüten. Ich weiß, dass ich von Geburt an von ihnen getrennt bin und dass ich mich immer danach sehnen werde, einer von ihnen zu sein, irgendwie.

9. Kapitel

Wir bekommen Penne – Die Gurkenunterhose – Ivica wird zornig – Ich sperre mich ein – Heiliger Geist, wer bist du? – Friendly fire – Wer zahlt die Ziege? – Ingo beim Klettern – Der blutende Fuß

Als ich erwache, ist es ein Uhr früh. Ich habe das unbestimmte Gefühl, dass mir eine Gefahr droht. Welcher Art, weiß ich nicht, ich weiß nur, dass ich aufpassen sollte, was ich tue.

Ich habe Kopfschmerzen, Halsschmerzen, Hunger und Durst. Meine Zunge brennt, das gefällt mir am wenigsten, denn in einem populärmedizinischen Buch las ich einst, Zungenbrennen würde auf mehr oder minder ernstzunehmende Leberprobleme hindeuten. Ich nehme eines der umgestürzten Gläser, fülle es mit Champagner und spüle damit eine Mexalen hinunter.

Vom Hafen her pulsiert Musik. Ich reibe mir das Gesicht. Obenrum bin ich nackt. Mein Hemd liegt am Fußende des Bettes, es ist durchgeschwitzt, und ich frage mich, wann und wie ich es losgeworden bin. Während ich es widerwillig anziehe, bemerke ich, dass nicht nur mein Gepäck verschwunden ist, sondern auch alle anderen Dinge, die ich bei der Ankunft in meinem Zimmer bewundert habe, woraus ich schließe, dass ich mich gar nicht in meinem Zimmer befinde und das stürmische Paar grundlos und widerrechtlich verscheucht habe.

Ich höre, wie jemand im Haus auf einem Schlagzeug zu trommeln beginnt. Planlos stehe ich da. Zwar würde ich am liebsten hierbleiben, doch zum einen gilt es, das richtige Zimmer zu finden, zum anderen habe ich ein schlechtes Gewissen gegenüber Ingo. Also öffne ich leise die Tür, und ebenso leise arbeite ich mich in das Feigenzimmer vor. Dort finde ich nur ein Paar, das in seine Unterhaltung versunken ist und von mir keine Notiz nimmt.

»Ingo? Ingo?«

Nirgends eine Spur von Ingo, dafür halte ich das klamme Hemd auf meiner Haut nicht mehr aus, ich reiße es mir herunter und werfe es auf einen Fauteuil, es ist ohnedies wahnsinnig heiß und feucht im Haus.

Ich stelle mich auf einen Balkon und schaue auf das Meer hinunter. Ich trage nichts als meine Jeans und schwitze dennoch schrecklich, was diesmal aber nicht alleine an mir liegt, sondern an der Schwüle der Nacht und am kroatischen Sommer. Ich bilde mir ein, eine Schiffssirene zu hören. Ein einsamer Nachtfalter tanzt um eine Laterne. Ein Hund bellt, ein Auto hupt lange, jemand lacht in der Dunkelheit. Ich strecke mich und gehe wieder hinein.

Vergeblich suche ich nach unseren Zimmern. Als ich die Hoffnung bereits aufgegeben habe, stoße ich in der Wohnküche auf Ingo, der vor sich eine Munterkanne voller Rotwein hat. Bei ihm sitzen Tomy und einige andere Menschen. Tomy und ich umarmen uns, und ich muss Goran-Ivanišević-Schnaps trinken, was ich nicht gleich registriere, obwohl ich eine ganze Weile am Etikett der Flasche herumfummle, das den kroatischen Tennisspieler zeigt.

Tomy stellt mir die Leute am Tisch als seine Freunde

vor. Ich erfahre, dass eine gewisse Andrea für uns am Herd steht und Pasta kocht, damit Ingo und ich etwas essen. Ich will nichts essen und versuche das zu kommunizieren, aber ich lese von Ingos Gesicht ab, dass er an diesem Vorhaben auch schon gescheitert ist.

»Wo ist Ivica?«

Ingo schüttelt den Kopf. »Frag nicht.«

Er nimmt einen tiefen Zug von seiner Zigarette und hustet. Ich habe keine Ahnung, was er mir mitzuteilen versucht. Ich zucke die Schultern und hole mir ein Bier, um den schauderhaften Geschmack des Schnapses loszuwerden. Mein Handy piept, eine SMS von meiner Frau, ob ichs denn recht schön hätte. Wunderbar, antworte ich.

»Ich würde euch ja gern mitnehmen«, sagt Tomy, »aber wir haben schon Gäste aus Zagreb im Haus.«

»Kein Problem«, sage ich, »wir sind hier gut untergebracht.«

»Absolut«, sagt Ingo.

»Schönes Haus«, sagt Tomy.

»Wo warst du die ganze Zeit?«, frage ich. »Weißt du, wie oft ich versucht habe, dich zu erreichen?«

»Mit ihnen unterwegs.« Er zeigt auf seine Freunde. »Du glaubst es nicht, die haben jetzt einen Türken in meinem Stammlokal hier, der nur Deutsch spricht. Ich bestelle Cola rot, was sagt der zu mir? ›Chef, Entschuldigung, hab ich nur schwarze Cola!‹«

In der kurzen Zeit, bis Andrea uns beiden, Ingo und mir, einen Teller Nudeln hinstellt, muss ich mit Tomy reichlich Goran-Ivanišević-Schnaps trinken, was ich mit der Gleichgültigkeit eines Mannes hinnehme, der sich seinem Schicksal stellt. Ich frage Andrea, ob sie nichts essen wolle, und sie sagt, sie und alle anderen hätten schon am Abend gegessen, das sei nur für uns.

Ich esse eifrig und lobe die Nudeln laut und mehrmals. Ingo schaut mich an. Ich bin leider schon ein wenig zu angeschlagen, um in seiner Miene lesen zu können.

Botschaft vom 25. 03. 2007
Liebe Kinder! Ich möchte euch von Herzen für eure Fastenopfer danken. Ich möchte euch anregen, mit offenem Herzen auch weiterhin das Fasten zu leben. Mit Fasten und Entsagung werdet ihr, meine lieben Kinder, stärker im Glauben sein. Durch das tägliche Gebet werdet ihr in Gott den wahren Frieden finden. Ich bin bei euch und ich bin nicht müde. Ich möchte euch alle mit mir in den Himmel führen, deshalb entscheidet euch täglich für die Heiligkeit. Danke, dass ihr meinem Ruf gefolgt seid!

»Was liest du da?«, fragt Tomy.

Ich will antworten, doch in diesem Moment kommt Ivica herein, und irgendetwas an seinem Anblick irritiert mich. Erst nach einer Weile fällt mir auf, dass er nur Boxershorts und eine knappe, ärmellose Militärjacke trägt. Die Shorts sind bedruckt mit dem Bild einer Gurke, die in Scheiben geschnitten wird. Man sieht sie jedoch leider oder besser gesagt zum Glück kaum, weil sie von Ivicas herabhängendem Bauch verdeckt wird. Ingo wirft mir nun einen deutlichen Blick zu, einen, der zugleich einen stummen Vorwurf und Resignation ausdrückt.

Ivica setzt sich zu mir, schenkt allen Schnaps ein, und es wird wieder angestoßen. Er legt mir die Hand um die Schulter. Sein glänzendes Solariumsgesicht befindet sich ungefähr zehn Zentimeter vor meiner Nase.

»Warum du sagst nicht, dass du hast Hunger? Musst du sagen andere Gast, mach mir Essen? Bist du meine Gast!«

Erst glaube ich, er mache einen Witz, aber Ivica ist wirklich sauer, ich habe den Eindruck, er steht kurz davor, handgreiflich zu werden. Ich versuche ihm klarzumachen, dass ich überhaupt keinen Hunger hatte, aber das wäre wieder Andrea gegenüber unfreundlich. Zum Glück rettet mich Tomy, der meinen gekränkten Gastgeber mit irgendeiner Anekdote ablenkt.

Ich schiebe mir die Penne hinein, nehme keinen weiteren Teller, bedanke mich und forsche weiter nach meinem Zimmer, denn mir sind meine Antibiotika eingefallen. Ich breche die Suche nach zwanzig Minuten ohne Ergebnis ab und kehre in die Wohnküche zurück, wo der allgemeine Rauschpegel noch gestiegen ist.

Als ich eintrete, packt Tomy meinen Kopf und küsst meine Glatze, wodurch ich einiges an Wein auf Ivicas teurem Teppich verschütte, dann muss ich mit ihm anstoßen. In der nächsten Stunde wiederholt sich diese Szene mehrere Male, mein Kopf wird geküsst, Fusel wird getrunken. Meine Glatze hat es den Leuten hier angetan. Als Ivica wieder in seinen Boxershorts auftaucht, kann Tomy nur mit Mühe sein Lachen verbergen.

Nachdem Andrea das Geschirr abgewaschen hat, eine Aufgabe, die sie sich weder von Ingo noch von mir abnehmen lässt, steht Tomy auf und nimmt seine Autoschlüssel vom Tisch.

»Du kannst jetzt noch nicht gehen!«, ruft Ingo. »Du kannst uns nicht …«

»Ich habe Gäste. Ich muss. Ihr habt es ja edel hier!«

Wir bedanken uns bei Andrea für das Essen, was einen

heftigen Wortwechsel zwischen Ivica und Tomy auslöst. Ich verstehe durchaus, dass es hier um die gekränkte Ehre eines Gastgebers geht, doch der Grund für die Intensität der Auseinandersetzung ist mir ein Rätsel. Tomy winkt uns kurz, schnappt sich seine Lederjacke und ist weg. Andrea, ihr Mann und die anderen werfen uns über die Schulter Luftküsse zu und folgen ihm. Auf einen Wink von Ivica hin geht Zvonko ihnen nach. Hundegebell ist zu hören, Tomys Stimme, das Kreischen einer Frau, Gelächter.

Ivica fasst mich um die Schulter und schleppt mich ins Feigenzimmer. Er riecht nach Schweiß. Ingo begleitet uns, wofür ich ihm sehr dankbar bin. Ich ziehe mein Hemd über, um nicht weiter zur allgemeinen Nacktheit beizutragen.

Eine Frau aus dem Café sitzt am Couchtisch. Ivica drückt mich auf den Platz neben sie.

»Ivica, ich bin ziemlich müde.«

»Nicht müde! Kommt Karl Koks! Party!«

Ich stöhne und bitte um etwas Mineralwasser, um wenigstens die Stahlhand auf meiner Schulter loszuwerden. In diesem Moment erscheint jedoch Zvonko, der von Ivica in die Küche geschickt wird.

»Ivica?«

»Was, mein Freund?«

»Was bist du wirklich von Beruf?«

»Bin ich Krankenschwester.«

Die Frau aus dem Café setzt sich auf die Armlehne von Ingos Fauteuil. Sie rückt ihm ein wenig zu nah, woraufhin er seine Geldbörse herausholt und beginnt, ihr die Fotos seiner Kinder zu zeigen, und ich höre auch »Tanja«, »wife«, »pregnant«, was die Frau auf der Armlehne nicht im geringsten zu beeindrucken scheint, zumindest weicht sie keinen Zentimeter von Ingos Seite. Nachdem Ivica eine Weile meinen Oberschenkel geknetet und Witze gerissen hat, wechselt auch er hinüber zu Ingo, wo er die andere Armlehne des Fauteuils besetzt.

Ich überlege, ob es okay wäre, mich zu verdrücken, und komme längere Zeit zu keinem Entschluss. Gerade als ich mir sage, Ingo würde Verständnis aufbringen, ich habe schließlich Fieber, setzt sich Zvonko neben mich, füllt ein Wasserglas bis randvoll mit Whisky, stößt stumm mit mir an und zeigt mir sein Handy.

»Karl Koks!«

»Ja, Karl Koks«, wiederhole ich stumpf.

Ivica ruft Zvonko etwas zu, der Name von Karl Koks fällt erneut, und Zvonko wählt eine Nummer. Offenbar hebt niemand ab. Wenn ich richtig verstehe, meldet er nun Ivica, dass Herr Koks noch immer nicht abhebt. Ivica flucht. Mein Telefon läutet, es ist der Tennislehrer, ich drücke den Anruf weg.

»Kriegst du essen und trinken, alles, was du willst!«, ruft Ivica mir zu, wobei er mit der Hand versehentlich über Ingos Haar streift.

»Ja, danke. Pfah, Ingo, weißt du, was der Tennislehrer von mir wollen könnte?«

»Welcher Tennislehrer?«

»Der aus … ach, egal.«

»Was ist? Nicht schlaffen! Party!« Ivica klatscht in die Hände.

»Ivica, ich habe Fieber. Ich habe wirklich schon …«

»Fieber! Das hier gut! Macht langsame Herz und ruhige Hand! Arzt was schneidet nimmt! Ist Beta!«

Er springt auf und holt aus dem Wandschrank eine

Schachtel Tabletten, die er vor mich auf den Tisch wirft. Ingo nützt die Gelegenheit abzuhauen, er winkt mir und legt die gefalteten Hände an die Wange. Ich zeige ihm den Mittelfinger, während ich mit der anderen Hand Ivicas Betablocker wegschiebe.

»Ivica, machst du mir bitte Kaffee? Das würde mir am meisten helfen, danke!«

»Kaffee! Ist sofort! Macht Ivica selbst für dich! Tückisch! Tückisch Kaffee!«

Nun wäre eine gute Gelegenheit zu verschwinden, und gerade will ich aufstehen, da kommt die andere Frau aus dem Café daher und setzt sich zu mir. Sie nimmt zart meine Hand, zieht sie zu sich und betrachtet meine Uhr. Erst kapiere ich nicht, was sie da tut, denn wenn sie wissen wollte, wie spät es ist, hätte sie die Wahl zwischen ihrer eigenen Armbanduhr und einer vergoldeten Wanduhr mit dem Durchmesser von Big Ben. Als sie meine Hand loslässt und ich etwas wie Enttäuschung in ihrem Gesicht zu lesen glaube, wird mir klar, dass sie sich bloß für die Marke interessiert hat.

»Wieso schaust du mir eigentlich nicht gleich ins Maul und zählst die Goldzähne?«, begehre ich auf, doch die Frau versteht mich nicht, sie rückt nur ein Stück von mir ab.

Die Musik, die vom Hafen heraufweht, nimmt weiter an Intensität zu. Zvonko neben mir deutet mit dem Daumen zum offenen Fenster: »Karl Koks.«

Ich stehe auf und klettere über ihn hinweg. In diesem Moment kommt Ivica in seinem famosen Military-Aufzug mit dem Kaffee. Der Espresso ist stark genug, um Nachtwächter wach zu halten. Ich trinke ihn im Stehen.

»Ivica, ich muss eine Stunde schlafen. Ich komme dann wieder raus.«

»Warum du musst schlaffen? Bist du jung!«

»Ich bin … ach was. Wir sehen uns in einer Stunde!«

Ich deute auf mein Handgelenk, ich mache kreisende Bewegungen mit Daumen und Zeigefinger, als wollte ich die Uhr aufziehen. Zehn Sekunden später habe ich durch ein göttliches Wunder mein Zimmer gefunden und versperre die Tür, weitere zehn danach habe ich eine Parkemed geschluckt und liege angezogen zwischen verschiedenen Faltblättern und Broschüren auf dem Bett.

Das Licht ist an, weil ich den Schalter nicht gefunden habe, doch das kümmert mich nicht. Ich will die Zettel auf den Boden werfen, da fällt mein Blick auf eine ziemlich unprofessionelle Karikatur, und ich lese, was darunter steht.

HEILIGER GEIST – WER BIST DU?

Teil IV – Botschaften Mariens

Die Leute im Zimmer waren ein Paar, Albert und Annie, die zum ersten Mal nach Indien als Touristen gingen. Als ich mich als Priester vorstellte, wollte er wissen, warum ich in Europa sei. Ich sagte »um die Bibel zu verkünden«. Sofort spottete er und sagte: »Gibt es heute solche Dummköpfe auf der Welt«. Ich antwortete »Es gibt viele solche Dummköpfe und ich bin einer davon«. Als er anfing, sich über der Versicherung seines Flugschein zu erkundigen, war er neugierig, zu erfahren, ob mein Flugschein besonders versichert sei, da sagte ich: »Ich und mein Flugschein sind schon lange bei der Firma Jesus versichert«. Er lachte laut und sagte »Ich dachte, Sie wären nur ein Dummkopf, aber jetzt weiß ich, dass Sie der grösste aller Dummköpfe sind. Mein Flugschein ist bei einer amerikanischen Firma gebucht.« Dann fugte er hinzu: »Ihr Leute in Indien, da ihr arm seid, braucht ihr vielleicht Gott, aber wir brauchen Ihn überhaupt nicht«.

Als ich die Unterhaltung beendet hatte und zu Bett ging, betete ich für ihn. Am Morgen fingen wir wieder an, über viele Dinge zu reden und wir wurden Freunde. Auf dem Flug sassen wir nah beieinander. Als die grüne Licht anging, die Gurte zu öffnen, spürten wir eine aussergewöhnliche Hitze und eine gewaltige Erschütterung des Flugzeuges. Der Pilot beruhigte uns, indem er sagte, dass wir durch ein Luftloch fliegen würden, das Turbulenzen verursachen würde. Wir wurden aufgefordert, uns zu setzen und die Gurte zu schliessen. Das Flugzeug wurde sehr heftig geschüttelt und die Menschen fingen an, laut zu schreien aus Angst und Panik, weil sie dachten, die Maschine würde auseinanderbrechen. Obwohl der Pilot die Menschen mehrmals bat, ruhig zu sein, waren die Menschen nicht bereit, auf ihn zu hören oder ihm zu glauben, da sie einen Absturz befürchteten. Albert, der in meiner Nähe sass, fragte: »Was – was ist das Pater?« Ich antwortete lächelnd: »Nur ein paar Kilometer zum Himmel«. Er verstand meinen Humor und sagte, »Ja Pater, wir werden in diesem Flugzeug sterben. Das Gespräch von gestern tut mir leid, bei dem ich gesagt habe, ich brauche keinen Gott. Ich glaube nicht, dass wir Indien sehen werden! Da Sie ein Priester sind, bitte sagen Sie uns, wie wir uns auf einen glücklichen Tod vorbereiten können«. Ich hätte ihnen sagen sollen, sie sollten ihre Sünden bereuen und ich hätte ihnen dann die Absolution erteilen sollen. Dann fing der Heilige Geist an zu mir zu sprechen. Ich tue nie etwas, ohne den Heiligen Geist zu fragen, der mein dauernder Begleiter ist. Ich fragte sie, ob sie zu tun bereit wären, was ich tun würde und sie waren bereitwillig einverstanden. Ich wusste, wenn ich ihnen gesagt hätte, sie sollten sich auf den Kopf stellen hätten sie es getan, weil sie in diesem Augenblick so ver-

zweifelt und hilflos waren. Ich sagte ihnen, sie sollten den Gurt aufmachen und mit mir aufstehen und den Namen Jesus laut ausrufen. Wir riefen mit all unserer Kraft: »Jesus, Jesus …«, und alle 356 Passagiere an Bord schlossen sich uns an und riefen aus »Jesus, Jesus!«.

Bin ich wach? Träume ich? Ich höre Schlagzeugspiel, ich höre Musik, ich weiß nicht, ob sie von draußen kommt oder aus dem Haus. Ich höre Gemecker, Muhen, Gebell, Polizeisirenen, Lachen, jemand brüllt, eine Schlägerei, bei der ein massiger Körper gegen meine Tür prallt. Das Fieber steigt, die Halsschmerzen kehren zurück. Ich schwitze. Schlachtgesänge. Ich küsse meine Frau. Ich backe Brot. Ich fliege in die USA, ich wohne im Flugzeug, es gibt darin einen Lift. Jemand ruft meinen Namen. Jemand rüttelt an der Tür. Es fliegen Gegenstände in mein Zimmer. Jemand schießt.

Ich sitze im Bett. Ich habe einen Schuss gehört.

»Thomas! Komm! Komm schieße!«

Jemand lacht. Unter meinem Fenster stehen Menschen. Ich wage es nicht, hinzugehen und den Kopf hinauszustrecken. Mein Hals tut so weh, dass ich schreien oder weinen könnte, den Schmerz in die Welt hinausfeuern, das würde ich gern.

»Thomas! Aufwachen! Mond ist hell für Schieße!«

Ich höre Frauen und Männer lachen, wieder knallt es. Ich sehe auf die Uhr. Halb drei. Ich habe keine Dreiviertelstunde geschlafen, doch dieser Schlaf war so tief, dass ich für einen Moment vergessen habe, wo ich bin.

»Ich will schlafen!«

»Kommst du! Sofort! Hast du schon einmal schieße mit große Pistole? Jetzt du kannst!«

Ich reibe mir das Gesicht. Aus dem Waschbeutel hole ich meine Nagelschere und mache meine Fingernägel endgültig sauber.

»Thomas! Komm zu uns!«

Zwei Schüsse krachen fast gleichzeitig.

»Jemand muss mich holen! Es sei denn, ihr habt die Hunde schon erschossen.«

Wieder Lachen, Ivicas Stimme: »Holt Zvonko dich!«

Ich traue mich zum Fenster, sehe jedoch niemanden. Nur eine weiße Katze setzt im Mondschein über eine Mauer herüber, offenbar auf der Flucht vor dem Geknalle.

Ich ziehe ein frisches Hemd aus dem Koffer, trinke einen halben Liter Mineralwasser und schiebe mir einen Kaugummi in den Mund. Als ich die Tür öffne, steht Zvonko bereits davor. Er wankt, sein Gesicht ist verzerrt, er grinst schief, und ich frage mich, ob er mich überhaupt erkennt.

Erst am Treppenabsatz vor der Haustür fällt mir die Pistole in seiner Hand auf. Das gefällt mir gar nicht, und ich bleibe ihm zur Sicherheit dicht auf den Fersen, obwohl mir das Fieber in den Gliedern sitzt und mich jeder Schritt Überwindung kostet.

Wir kommen ohne Zwischenfälle bei den anderen an. Weit und breit ist kein Hund zu sehen, entweder hat sie wirklich jemand erlegt, oder sie wurden weggesperrt. Wir stehen in einer Weinlaube. Vor uns erstreckt sich ein weitläufiger Garten mit Obstbäumen, zwischen denen Hängematten gespannt sind, mit Tischen und Bänken und Liegestühlen, sogar einen kleinen Sportplatz sehe ich zu meiner Linken.

Ivica hält mir eine Dose Bier hin. Ich wische sie oben ab und trinke einen Schluck.

»Wo ist Ingo?«

Ivica lacht. »Schlafft. Redet nicht. Loch von Schlüssel gestopft.«

Er zeigt mir eine Flaschenbatterie, die etwa dreißig Meter entfernt auf einem Gesims steht, und reicht mir eine Pistole.

Kühl liegt das Metall in meiner Hand. Ivica erklärt mir, was zu tun ist. Mein Herz klopft heftig, ich fühle mich aufgeregt und schwach. Die anderen machen zwei Schritte nach hinten.

Ich peile eine Flasche an. Die Waffe ist bedeutend schwerer, als ich gedacht hätte. Mein Arm schwankt, meine Hand zittert. Ich merke, wie mir der Schweiß über den Rücken läuft und dieser an verschiedenen Stellen zu jucken beginnt. Ich konzentriere mich, halte den Atem an und drücke ab. Dann wird alles schwarz.

Als ich wieder sehen kann, liege ich auf dem Boden. Nach einer Weile sind meine Ohren nicht mehr taub, und ich höre vielstimmiges Gelächter.

Ivica hilft mir auf. Das Wort Rückstoß kennt er nicht, aber mir ist auch so klar, was passiert ist. Eine der Frauen kommt mit einem Tuch, das sie in einer Regentonne mit Wasser getränkt hat, und drückt es mir auf die Nase. Erst durch das Brennen verstehe ich, dass mir die Pistole ins Gesicht geflogen ist. Ein dumpfer Schmerz pulsiert unter dem Brennen, und ich frage mich, ob mein Nasenbein gebrochen ist.

Zvonko schreit auf, offenbar gebietet er Ruhe, denn alle werden still. Ich glaube etwas zu hören, aber es ist zu weit weg. Plötzlich geraten alle in Aufregung. Ivica schnappt sich die Pistole und eine Stabtaschenlampe und läuft barfuß im Bademantel durch den Garten, gefolgt von Mate und einem anderen Mann, auch eine Frau ist dabei. Sie verschwinden hinter einer Mauer.

Ich verstehe nicht, was los ist. Fragend schaue ich die Blondine neben mir an. Die Sache wird mir unheimlich, zumal ich nun so etwas wie Gebrüll höre.

»Was ist das?«, frage ich. »What is that? Did I … did I shoot somebody?«

Ich bekomme eine Gänsehaut. Es schüttelt mich, mir wird schlecht. Die Frau legt die Hand auf meine Schulter, sie streicht mir über den Oberarm und sagt etwas, was ich nicht verstehe.

Kurz darauf höre ich einen Schuss. Ringsum werden alle unruhig. Ich weiß nicht, ob ich hinlaufen, dableiben oder am besten gleich abhauen soll. Ich entspanne mich nur unmerklich, als ich Ivica in wallendem Bademantel auftauchen sehe, in der Hand die Waffe. Wirklich besser geht es mir erst, als ich bemerke, dass Mate und der andere Mann hinter ihm lachen. Sie rufen etwas. Die Frauen und Männer rings um mich kreischen und lachen und schütteln die Köpfe. Bekräftigende Flüche werden laut.

»Was ist? Was ist passiert? Was ist los?«

»Hast du Ziege geschossen!«, ruft Ivica. »Hast du getroffen Ziege von Nachbar!«

Er bleibt stehen, beugt sich nach vorne und stemmt die Hände in seine fetten Hüften, so stark muss er lachen.

»Was? Eine Ziege?«

»Komm schauen!« Er winkt mir.

»Du spinnst ja!«

»Sehr gut, mein Freund! Kommst du in Klub!«

Er steckt die Pistole in die Tasche seines Bademantels und watschelt heran.

»Hat dein Vater einmal, wie heißt Tier, nicht Hirsch, so ähnlich, hineingefahren hat er mit Auto. Ist Tier in Wald verschwunden, sind wir alle raus aus Auto, haben gesucht und gestochen und in Kofferraum! Zu Hause in Badewanne war Tier, haben alle eine Woche gegessen nur Braten! Wird haben Spaß wenn hört! Du bist wie Franjo!«

»Was war das für ein zweiter Schuss?«, frage ich, obwohl ich es mir schon denken kann.

Ivica spuckt aus. »Ziege nicht ganz tot. Jetzt ganz tot.«

Rundherum winden sich alle in Heiterkeit, nur ich nicht. Ich habe noch nie etwas umgebracht, außer so sinnlosen, widerlichen, bösen, absolut überflüssigen Geschöpfen wie Moskitos. Ich weiß noch, dass ich damals, nachdem ich mit dem Taxi eine Katze angefahren hatte, wochenlang wegen schlechten Gewissens nicht schlafen konnte. Nun habe ich eine Ziege erschossen! Nein, das kann nicht sein.

Ich gebe der Frau ihr Tuch zurück. »Okay«, sage ich zu Ivica. »Führ mich hin.«

Unterwegs kann ich mich vor Ivicas Scherzen kaum retten. Er zieht die Pistole wieder heraus und fragt, ob ich vielleicht eine brauche, ob ich Ziegenfleisch mitnehmen will nach Österreich. Er verspricht mir, etwas davon an meinen Vater zu schicken. Ich erfahre, dass ich nicht das geringste Problem hätte, hier eine Karriere als Ziegenschlächter anzufangen. Er schwafelt etwas von einem Journalisten, den er kennt und der über diese Geschichte berichten soll. Er legt den Arm um meine Schulter, und so gehen wir um die Mauer.

Bald stehen wir vor einer Art Scheune. Es riecht scharf nach Tier. Ich höre Gemecker. Ivica zieht die Taschenlampe heraus und leuchtet in eine Ecke. Zunächst ist das Licht zu grell, so dass ich wegschauen muss. Als ich mich an die Helligkeit gewöhnt habe, sehe ich ein großes graues Bündel auf dem Boden liegen. Ich glaube auch Blut zu sehen.

Ich drehe mich um und schleppe mich zurück zu den anderen.

»Thomas! Was ist? Ist kein Problem! Zahle ich Geld Nachbar für Ziege!«

»Ja, das fehlt noch! Natürlich zahle ich diese …«

»Beleidigst du mich! Ist wie Essen von andere in meine Haus! Gebe ich Pistole, zahle ich Ziege!«

Ich weiß, diese Diskussion ist sinnlos. Ich bedanke mich für seine Großzügigkeit, aber sein völlig ernst gemeintes Angebot, Fleisch mitzunehmen, lehne ich ab.

Ivica versucht den Nachbarn telefonisch zu erreichen. Als der nicht abhebt, verschwindet er kurz im Haus und kehrt mit einem Bündel Geldscheine zurück, das er Mate in die Hand drückt. Zwei Minuten darauf hören wir, wie Mates Wagen wegfährt.

»Ist nicht weit. Kommt er bald zurück. Zvonko!«

Er sagt etwas von Karl Koks, und wieder greift Zvonko zu seinem Handy. Mich wundert, dass er die Tasten trifft.

Ivica und die anderen machen mit den Schießübungen weiter. Ich wehre mich energisch gegen alle Einladungen, mehr Ziegen zu schießen, und verziehe mich so schnell wie möglich ins Haus, wobei meine Beine zittern und ich nach jedem dritten Schritt eine Pause einlegen muss, weil ich keine Luft kriege und mein Herz so hämmert.

Ich versuche durch Ingos Schlüsselloch zu spähen, doch Ivica hat recht gehabt. Die abgerissenen Zigarettenfilter, mit denen sich Ingo vor den Blicken der Außenwelt und vor Ivicas Nachstellungen schützen wollte, quellen bereits auf der Flurseite heraus. Ich gehe aufs Klo, dann hole ich mir aus der Küche eine Flasche Mineralwasser.

Vor meinem Fenster donnern die Schüsse. Hoffentlich hat Ivica Zvonko unter Kontrolle. Ich suche nach meinen Ohropax, ich suche in allen Taschen, doch ich finde nur die »Stimme der Königin des Friedens«, die mir mein Vater offenbar wieder zugesteckt hat. Ich bin so verwirrt, dass ich wieder automatisch irgendwo in der Mitte zu lesen beginne: »*Wir legen Dir alle dar, die in die Irre gegangen sind, oder gefangen von anderen Menschen oder materiellen Dingen. Befreie Sie Herr, dass auch Sie, als Deine Kinder in Freiheit leben können und ein richtiges Verhältnis zu sich und zu anderen schaffen können* …«

Es klopft. Ich höre Ingos Stimme und öffne. Verschlafen, aber vollständig angezogen steht er vor mir.

»Wird da geschossen?«

»Ja, nur Zielschießen.«

»Warst du da auch dabei? Bist du nicht gerade erst ins Zimmer gegangen?«

»Ich? Nein. Ich war nur auf dem Klo.«

»Was ist mit deinem Gesicht?«

»Das habe ich mich auch schon oft gefragt.«

»Bist du irgendwo dagegen gelaufen?«

»Türstock. War dunkel.«

»Hast du Ohropax für mich? Bei dem Wahnsinn kann ja kein Mensch schlafen.«

Ich drücke ihm die »Stimme der Königin des Friedens« in die Hand und wünsche ihm gute Nacht. Sperre ab, lege mich aufs Bett und vergrabe meinen Kopf, in dem der Schmerz hämmert, unter dem Kissen.

Zehn Minuten später sind auch noch die Halsschmerzen wieder da. Es tut so weh, dass an Schlaf nicht zu denken ist. Ich wälze mich herum, höre Schüsse, dann endlich kehrt beinahe Stille ein. Vor meinem Fenster ahmt jemand Ziegengemecker nach. Gelächter. Jemand rülpst. Kurz darauf setzt das Schlagzeugspiel wieder ein. Ich knipse das Licht an und setze mich auf.

Botschaft vom 25. 04. 2007
Liebe Kinder! Auch heute rufe ich euch von neuem zur Bekehrung auf. Öffnet eure Herzen. Dies ist eine Zeit der Gnade so lange ich bei euch bin, nutzt sie. Sagt: Dies ist die Zeit für deine Seele. Ich bin bei euch und liebe euch mit unermesslicher Liebe. Danke, dass ihr meinem Ruf gefolgt seid.

Ich rechne nach, wie viele Schmerztabletten von welcher Sorte ich bereits eingenommen habe. Zu viele jedenfalls, um jetzt ein paar Schlaftabletten hinterherzuschmeißen, denn dann würde ich den Flieger garantiert versäumen und wahrscheinlich nie mehr von hier wegkommen. So schlucke ich zwei Aspirin und zwei Mexalen, weil das Fieber weiter gestiegen ist und mir noch bei der kleinsten Bewegung der Schweiß aus allen Poren rinnt.

Ich lege mich auf den Rücken, schließe die tränenden Augen und warte. Dass das Schlagzeug verstummt. Dass die Tabletten anfangen zu wirken. Dass mein Herz aufhört zu rumpeln. Auf den Schlaf. Auf irgendetwas. Vielleicht sogar auf den König des Friedens.

Ingo trommelt mich heraus. Ich weiß nicht, wie lange er schon vor meiner Tür steht, ich glaube, eine ganze Weile. Als ich öffne, schiebt er mich beiseite und sperrt die Tür von innen zu.

»Aha«, sage ich und reibe mir die Schlafkruste aus den Augen. Dabei fährt ein scharfer Schmerz durch meine Nase, der mich an den Zwischenfall mit der Pistole erinnert.

»Na, du schaust aus«, sagt er. »Wir müssen reden.«

»Frühstücken müssen wir.«

»Wir müssen nicht frühstücken. Wir müssen reden. Aber zieh dir was an, mein Bedarf an Anblicken dieser Art ist fürs erste gedeckt.«

Während ich mich anziehe, bekomme ich von Ingo eine Zusammenfassung der Lage geliefert. Es sieht so aus, als wäre das Haus leer, abgesehen von Zvonko und Ivica, die sich in die Haare gekriegt haben, was nicht so schlimm wäre, wenn sie nicht beide bis obenhin voll mit Goran-Ivanisevic-Schnaps und anderen toxischen Substanzen wären.

»Na und?«, sage ich und streife mir das einzige frische Hemd über, das ich noch habe. »Wir rufen ein Taxi und sind weg.«

»Da liegt das Problem«, sagt Ingo und beginnt meine Sachen ungeordnet in den Koffer zu werfen. »So wie ich Ivica verstanden habe, wird er uns zum Flughafen bringen.«

»Er? Persönlich?«

»Genau.«

»Mit seinem Auto, meint er?«

»So ist es. Und wenn du nicht weißt, was du dir darunter vorzustellen hast, wenn ich sage, jemand ist VOLLKOMMEN unzurechnungsfähig, dann geh ihn dir anschauen.«

»Meinst du?«

»Ich packe einstweilen deine Sachen.«

»Wir dürften es ja wirklich eilig haben.«

Entschlossen, Ivica seine Idee auszureden, mache ich

mich auf die Suche nach ihm. Zuerst stoße ich jedoch auf Zvonko, der in der Tür zum Feigenzimmer steht und mich höhnisch angrinst.

Ich habe nicht das Gefühl, dass er mich erkennt. Er sieht schrecklich aus. Seine Züge sind verzerrt, er ist kreidebleich, sein Mund steht offen, Speichelfäden ziehen sich zwischen Ober- und Unterlippe. Er reagiert jedoch auf mich, er setzt sich in Bewegung und folgt mir mit einigem Abstand, und ich fühle mich nicht wohl dabei.

»Weißt du, wo Ivica ist? Ivica! I-vo!«

Er bleibt stehen, stiert mich an, grinst. Ein unartikulierter Laut kommt über seine Lippen, der wie das Scheuen eines Pferdes klingt. Er schnalzt mit der Zunge. Als ich das Feigenzimmer auf der anderen Seite verlasse, steht er immer noch da.

»Ivica! Ivica!«

Ich gehe hinauf in den zweiten Stock, wobei ich möglichst laut trample, damit Ivica sich nicht erschreckt und mich über den Haufen schießt.

»Ivica! Ich bins, Thomas! Wo steckst du?«

Die meisten Türen stehen offen, in den Zimmern sieht es wüst aus. Ein wenig erinnert mich die Situation an den Morgen in Medjugorje, als die anderen schon das Hotel verlassen hatten und nur Ingo und ich übriggeblieben waren. Ohne jegliche Hemmung durchsuche ich alle Räume, begegne Ivica jedoch nirgends, so dass ich mir nicht anders zu helfen weiß, als Ingo anzurufen und zu fragen, wo sich dieser Mensch aufhält.

»Vorhin war er noch auf der Terrasse«, sagt er.

»Wo ist die Terrasse?«

»Draußen.«

Sie ist wirklich leicht zu finden, weil sie sehr groß ist. Und da liegt er, da liegt ein hundertfünfzig Kilogramm schwerer kleiner Mann in einer Hängematte, die zwischen zwei in die Terrasse integrierte Bäume gespannt ist. Ich finde so etwas ja furchtbar, ich will keinen echten Baum in meiner Wohnung haben, aber im Augenblick bereitet mir dieser Anblick weniger Kopfzerbrechen als der Anblick, der mich in der Hängematte erwartet.

Ivica trägt eine dunkelrote Jogginghose und Cowboystiefel. Seine mit nackten Frauen und Autos und Fußballemblemen tätowierte Brust ist nackt. Er sieht mir direkt ins Gesicht, seine Unterlippe ist trotzig vorgeschoben, seine Augen sind weit aufgerissen. Unter der Hängematte stehen zwei leere Flaschen mit dem Konterfei des berühmtesten kroatischen Tennisspielers, überall liegen Zigarettenstummel, in einem Teddybären steckt ein riesiges Kampfmesser, und auf den Holztisch dahinter hat sich jemand erbrochen.

»Ivica«, sage ich sanft, »wir möchten uns bedanken und verabschieden. Wir müssen aufbrechen.«

Er starrt mich an. Was er tatsächlich wahrnimmt (und ob er überhaupt etwas wahrnimmt), kann ich nicht einschätzen. Unter Garantie hat er nicht eine Sekunde geschlafen, und mit Sicherheit ist sein Verstand abgeschaltet. Er starrt und starrt, und ich will mich schon umdrehen und gehen, da öffnet er den Mund und sagt einen Satz auf Kroatisch, von dem ich nur den Namen Zvonko verstehe.

»Zvonko ist unten. Er kommt später sicher zu dir. Wir fahren jetzt. Ingo sagt dir auch Danke.«

Nun kommt langsam Leben in seinen Blick. Er bewegt sich ein wenig, die Hängematte wackelt wie vom Sturm gebeutelt.

»Ingo? Was – wohin fahrt?«

»Zum Flughafen. Wir fliegen nach Wien zurück.«

»Flughafen! Bringe ich euch!«

Er setzt sich auf und kollert dabei aus der Hängematte.

»Nein, Ivica, das können wir nicht annehmen. Wir rufen ein Taxi. Das Taxi ist schon da!«, lüge ich, als ich voller Entsetzen feststelle, dass er ernsthaft versucht, sich an der Hängematte hochzuziehen.

»Schicken wir weg. Zahle ich ihm hundert Kuna. Soll fahren!«

Er macht eine wütende Handbewegung, bleibt jedoch neben dem Baum sitzen und starrt auf seine Stiefel.

»Ivica, warte hier. Ich bringe dir etwas. Bleib bitte hier, es ist eine Überraschung!«

Ob er mich gehört hat, weiß ich nicht, jedenfalls macht er keine Anstalten, mir zu folgen, als ich den Rückzug antrete. Ich weiß, das ist nicht die feine Art, doch das kümmert mich jetzt nicht. Wir müssen von hier verschwinden.

Zvonko steht noch immer wie lobotomiert an der gleichen Stelle wie vorhin. Freundlich nicke ich ihm zu. Ich überlege, ob ich ihn zu Ivica schicken soll, und entschließe mich, den Mund zu halten. Nur nicht an der jetzigen Lage rütteln, nur keine Aufregung.

Ingo hat all meine Sachen gepackt, er sitzt auf meinem Bett, daneben steht der Koffer.

»Na?«, fragt er.

»Sofort los!«

Er nickt. »Und das Taxi?«

»Einfach mal raus. Taxi kriegen wir schon eines.«

Ingo braucht keine zehn Sekunden, um das Gepäck aus seinem Zimmer zu holen. Wir schleichen die Treppe hinunter. Mit der Tür habe ich Schwierigkeiten, es sind so viele Schlösser und Balken daran, ich kriege sie einfach nicht auf. Mit vereinten Kräften schaffen wir es schließlich. In diesem Moment geht mein Handy los. Der Tennislehrer. Wütend drücke ich den Anruf weg.

Im Freien rechne ich zunächst mit einem Angriff der Pudel. Für diesen Fall habe ich mir vorgenommen, sie mit meinem Koffer abzuwehren. Es bleibt jedoch still, und wir kommen ohne Zwischenfall bis zum Gartentor. Dort allerdings ist erst einmal Endstation. Ein verschlossenes schmiedeeisernes Tor, wie ich es mir vor englischen Landhäusern vorstelle, versperrt uns den Weg.

Ich rüttle energisch daran. Ingo hält mich zurück, weil er befürchtet, ich könnte den Alarm auslösen. Die Vorstellung, wie Ivica und sein Kumpel, bewaffnet mit ihren Pistolen, sich auf die Jagd nach vermeintlichen Einbrechern machen, lässt meinen Arm augenblicklich erstarren.

»Das darf nicht wahr sein, wir können hier doch nicht gefangen sein!«

»Warte mal«, sagt Ingo, »ich sehe mich um.«

»Aber bitte schnell, bevor die Pudel kommen.«

»Oder die Krankenschwester.«

»Hast du irgendeine Idee?«

»Irgendeine Stelle, wo man drüberklettern kann …«

Ich male mir aus, wie Ingo und ich mit unseren Koffern über eine drei Meter hohe Mauer klettern. Das ist völlig ausgeschlossen, nicht nur, weil es jetzt schon wieder gut und gern 35 Grad hat und mir der Schweiß ins Gesicht läuft, sondern weil ich fest davon ausgehe, dass Ivica hier überall fiese Einbrecherfallen aufgestellt hat, von Elektroschocks bis brutale Eisenspitzen.

Etwas raschelt. Erst glaube ich, es käme vom Haus her, doch dann höre ich, dass es von links zu mir dringt, aus der Richtung, in die Ingo verschwunden ist. Ich kann ihn nirgends sehen. Ich schaue und schaue, bis ich ein Pfeifen über mir höre. Sein Gesicht leuchtet in vier Metern Höhe aus dem dichten Laub eines Baumes hervor.

»Sehr hübsch«, sage ich. »Hilft uns das irgendwie weiter?«

»Kannst du aus dem Stand sieben Meter weit springen?«

»Nein.«

»Dann nicht.«

Es nützt alles nichts, wir werden wohl oder übel zu unserem Gastgeber zurückgehen müssen. Vielleicht kann ich ihn doch noch überreden, uns ein Taxi zu rufen, obwohl ich da keine großen Hoffnungen habe. Als Ingo wieder bei mir ist, macht er den gleichen Vorschlag. Wir nehmen unser Gepäck auf.

»Moment«, sagt Ingo, »haben wir es eigentlich bei der Gartentür probiert?«

»Welcher Gartentür?«

»Na, der dort. Neben dem Gartentor.«

»Stimmt. Eigentlich ist neben jedem Gartentor eine Gartentür.«

Und tatsächlich, neben dem Tor ist eine kleine Tür, und an der Mauer befindet sich der Summer, der sie öffnet. Wir sind draußen. Ohne uns umzudrehen, rennen wir mit allem Gepäck die Straße entlang.

Tief unter uns sehen wir das Meer und den Hafen. Es ist heiß, Insekten summen, der Schweiß juckt mich am Hals und im Nacken. Nach knapp hundert Metern fühle ich einen heftigen Schlag in der Brust, und mir wird übel.

»Ingo, ich kann nicht so schnell!«, sage ich und stelle meinen Koffer auf den heißen Asphalt.

»Du musst!« Er nimmt meinen Koffer. »Ich trage ihn, los, beeil dich! Wo kriegt man hier bloß ein Taxi?«

»Wo kriegt man hier Kaffee?«

»Scheiß auf Kaffee, ich will ein Taxi!«

»Da, wo du Kaffee kriegst, rufen sie dir auch ein Taxi.«

»Das stimmt. Zeit haben wir – Mist, was ist das? Ich glaube, da kommt ein Auto!«

Mit einem Satz ist Ingo mitsamt dem Gepäck hinter einem Gebüsch verschwunden. Ohne viel nachzudenken, folge ich ihm und zerreiße mir dabei an den Zweigen das Hemd.

»Na, bravo! Na, wunderbar! Na, das habe ich …«

»Pssst! Vielleicht ist er das!«

Stumm warten wir, bis das Auto an uns vorbei ist. Natürlich kennen wir es nicht.

»Das hätte er auch niemals sein können«, schimpfe ich, »der kam von viel zu weit oben!«

Ingo schmeißt die Koffer auf die Straße.

»Mir reichts! Aus! Was ist das für eine gottverdammte … Ich will hier weg!«

Ich schaue mich um. Ringsum Bruchbuden und Villen nebeneinander, aber auch Äcker, unbebaute Felder, eine Plakatwand, auf der für ein Waschmittel geworben wird. Keine Wegschilder, keine Bushaltestelle, nichts.

»Wo sind wir eigentlich?«, frage ich.

»Mir doch egal. Aber wenn wir hier noch lange rumstehen, versäumen wir den Flieger.«

Ich ziehe mein Handy aus der Tasche. »Wir rufen Tomy an. Der weiß, wo wir sind. Und kann uns ein Taxi schicken.«

Während ich dem Freizeichen lausche, muss ich an mein Antibiotikum denken, das ich um diese Zeit nehmen sollte. Ich vergesse das gleich wieder, als ich Tomys Stimme auf der Sprachbox höre. Resigniert stecke ich das Telefon weg, schiebe meinen Koffer in den Schatten eines morschen Bretterzauns, hinter dem ein vernachlässigtes Fußballfeld mit zerfetzten Toren zu sehen ist, und setze mich auf den Boden.

»Was wird das jetzt?«

»Nichts mehr. Ingo, such dir ein Taxi und fahr zum Flughafen.«

»Und du? Du bleibst hier?«

»Genau. Ich bleibe hier. Ich kann nicht mehr. Oder nein, du suchst dir ein Taxi und holst mich hier ab. Geht ja auch so.«

»Also, wie nun?«

»Mach, was du willst.«

Wortlos stellt Ingo sein Gepäck zu mir in den Schatten und geht. Ich schreibe meiner Frau eine SMS. Ich rufe meine Mails ab, doch es ist nichts Aufregendes dabei.

Ich schalte den iPod ein und hadere mit meinem Leben. Dieses Leben bringt es nicht nur mit sich, dass ich uninteressante E-Mails bekomme und mit zerschlagener Nase in kroatischen Vorstädten herumsitze. Es ist zudem ein Leben, über das ich in einem Zustand des Halbbewusstseins hindurchfliege, weil ich viel zu oft beeinträchtigt bin durch irgendwelche psychotropen Substanzen, durch Alkohol, durch alle nur erdenklichen Dinge, die mir im Grunde die Lebenszeit stehlen. Eigentlich ist das bescheuert. Eigentlich zahlt sich das nicht aus. Eigentlich bin ich zu alt für so etwas.

Ich muss lachen, als ich mir ausmale, was meine Frau sagen würde, wenn ich von meiner Pilgerreise als Abstinenzler zurückkehrte. Die Gospa! Die Gospa hat mir geholfen!

Die Heiterkeit weicht gleich wieder. Zum hundertsten Mal in den vergangenen Monaten frage ich mich, ob ich nicht womöglich einfach das erlebe, was man ganz banal als eine Midlife-Crisis bezeichnet. Mir erscheint so vieles von dem, was noch vor wenigen Jahren wichtig war, als unbedeutend, ja sinnlos. Was ist das eigentlich, was ich mache, womit verbringe ich mein Leben? Bin das wirklich ich? Bin ich der, der dieses Leben führen sollte? Und wenn nein, welches Leben wäre meines? Wie erfahre ich das? Wo muss ich ansetzen? Oder ist es nicht ohnehin schon zu spät? Um solche Fragen zu beantworten, hilft es ja angeblich, in sich hineinzuhorchen, aber ich höre da nichts.

Damit ich hier an diesem Straßenrand nicht komplett durchdrehe, wechsle ich die Musik. Es gibt Songs, die sollte man mit Angina, an einsamen Stadträndern und bei 35 Grad im Schatten nicht hören. In solchen Situationen sollte man eher oberflächliche Spaßmusik hören. Lieber Robbie Williams als Beirut.

Knapp zwanzig Minuten später hält ein Taxi neben mir, und Ingo steigt aus. Er schaut ziemlich zornig drein. Ohne viel zu sagen, verfrachtet er unser Gepäck in den Kofferraum. Ich setze mich zu ihm auf die Rückbank.

»Und was jetzt?«, fragt er.

»Was, was jetzt?«

»Wir haben noch Zeit.«

»Und?«

»Kaffee geht sich aus.«

»Could you bring us to the next bar, please?«

Der Fahrer mustert misstrauisch mein geschundenes Gesicht, schüttelt den Kopf und legt einen solchen Start hin, dass ich in den Sitz hineingedrückt werde. In meiner Handtasche suche ich nach einem Travelgum. Ingo brütet vor sich hin, unter seinem Auge zuckt es, er kurbelt das Fenster hinunter und zündet sich eine Zigarette an.

»No smoking!«, sagt der Fahrer.

Ingo feuert die Zigarette aus dem Fenster. »Ich muss aus diesem Land raus.«

»Das Land kann nichts dafür. Wir sind unter den falschen Vorzeichen hier. Und jetzt sind wir ohnehin schon unterwegs nach Hause.«

Zwei Straßen weiter hält der Wagen.

»Bar!«, sagt der Fahrer und deutet auf ein zwischen Bäumen und blühenden Sträuchern verstecktes kleines Gebäude, über dem Café Maria steht. Was auch sonst.

»Toll«, sagt Ingo, »zwanzig Meter weiter hinten hat er mich aufgegabelt.«

Ich übernehme die Rechnung. Wir parken unsere Koffer neben einem kleinen Tisch, bestellen Kaffee und Rührei und reden nicht viel. Meine ganze Aufmerksamkeit wird von einem Mann in Shorts beansprucht, der eine großformatige Zeitung liest und aus dessen hochgelagertem Fuß Blut rinnt, weil er eine klaffende Wunde am Rist hat. Das scheint ihn ebenso wenig zu stören wie der Umstand, dass das Blut genau auf das Sitzkissen fließt. Den Wirt oder die Kellnerin irritiert es auch nicht, denn die scherzen und lachen ausgelassen mit ihm. Wenigstens erregt jemand mit einem Gesicht wie meinem hier kein Aufsehen.

Während ich mich bemühe, den blutenden Fuß zu ignorieren, fällt mir ein Plakat ins Auge.

PORT – HAVEN – HAFEN
DISCO with
CARL COX

Darunter das Foto eines Schwarzen und das gestrige Datum.

Wir essen, wir trinken, wir lassen uns ein Taxi rufen und warten an der Straße. Vor uns hält derselbe Fahrer, der uns hergebracht hat. Ich nehme eine Xanor, die ich mit dem letzten Schluck aus meiner Mineralwasserflasche hinunterspüle. Die Aussicht des bevorstehenden Fluges gefällt mir gar nicht. Flugangst habe ich auch so schon, aber jetzt kommt noch die Gospa mit ins Spiel.

»So wie hier sieht es wirklich nur auf dem Balkan aus«, schimpft Ingo, als wir über eine Landstraße fahren, von der aus sich seitlich eine staubige Ebene erstreckt. »Diese geschmacklosen Häuser! Sieh dir das mal bitte an! Sieht es irgendwo auf der Welt so grauenhaft aus?«

Ich zucke zusammen. Der Fahrer könnte uns verstehen, und das muss ja wirklich nicht sein. Überdies kenne ich die Schliche solcher Zunftgenossen. Dem ist durchaus zuzutrauen, dass er stillschweigend beschließt, uns ein bisschen mehr von seiner Heimat zu zeigen, als nötig wäre, und Umwege mag ich nicht, wenn der Taxameter läuft.

»Ich finde es hier … nicht so … na ja, ist doch schön.«

»Was bitte? WAS FINDEST DU DENN HIER BITTE SCHÖN? Das ist doch ein einziger Alptraum hier!«

Ingo beginnt im Sitz auf und ab zu springen, seine Füße trommeln auf den Boden, mit den Fingern spielt er an der Nackenstütze vor sich, sein Gesicht zuckt.

»Ingo, was ist mit dir los?«

»Was soll los sein?«

»Hast du irgendeine Störung?«

»Was für eine Störung?«

»Ist dir schon einmal aufgefallen, dass du dich ununterbrochen bewegst? In jeder Sekunde? Dass du nie still sitzt?«

»Ich weiß. Die hätten mich als Kind untersuchen sollen. Wahrscheinlich hatte ich ADHS. Wenn die mich behandelt hätten, wäre ich in der Schule vielleicht besser gewesen.«

»Und bist du jetzt in Behandlung?«

»Jetzt behandle ich mich selber.«

Es vergehen einige Minuten, in denen Ingo neben mir trommelt und springt, aber wenigstens keine Beleidigungen gegen unser Gastland ausstößt. Gerade denke ich, das Thema sei vom Tisch, da ertönt plötzlich neben mir Gebrüll.

»SIEH DIR MAL DIESE SCHLAGLÖCHER AN! DAS KANN DOCH NICHT WAHR SEIN! UND DAS GEFÄLLT DIR? WAS GEFÄLLT DIR HIER? DIESE HÄUSER! DIESE FARBEN! KEIN GESCHMACK! NULL STIL! SO SIEHT ES WIRKLICH NUR HIER AUS! SO ETWAS LASSEN SIE SICH IN KEINER ANDEREN GEGEND DER WELT EINFALLEN ALS AUF DEM BALKAN!«

»Ingo, die hatten hier Krieg.«

»WAS HAT DENN DER KRIEG MIT DEM STIL ZU TUN?«

Ich reibe mir das Gesicht. Ich würde seinem Ausbruch gern Einhalt gebieten, aber mir ist inzwischen wahnsinnig schlecht, und ich muss mich darauf konzentrieren, geradeaus zu schauen. Ich versuche wegzuhören, als Ingo weiter das ganze Land in Bausch und Bogen verwünscht, es gelingt mir jedoch nicht, weil ich mir andauernd vorstellen muss, was der Taxifahrer wohl denkt. Ich möchte nicht hier am

Straßenrand ausgesetzt werden. Bei unserem Glück käme sicher gleich Ivica mit seinem Auto vorbei.

Der Gedanke beunruhigt mich, und ich unterbreche Ingo: »Wie schnell merkt Ivica, dass wir weg sind?«

»Nicht vor übermorgen.«

»Und wenn er es jetzt merkt, glaubst du, der kommt uns hinterher?«

»Kann schon sein. Und er wird uns auch einholen, so langsam, wie der Typ da fährt! Mein Gott, hier ist es so …«

Ich blende alles aus. Ich bin gar nicht da. Ich, das ist nur meine Übelkeit und die Aussicht, von hier wegzukommen.

10. Kapitel

Der Tennislehrer gesteht – Der heiligste Leib – Blasensprung – Das Gewitter – Schleifen über Graz – Der Schweizer – »Aux Armes!« – Wieder am Westbahnhof – Es gibt nur ein Unglück

Am Flughafen hebt uns der Fahrer das Gepäck aus dem Kofferraum, gibt Ingo die Quittung und verabschiedet sich freundlich. Wir schleppen unser Gepäck zum Schalter, vor uns stehen fünfzig, sechzig Menschen. Mein zerrissenes Hemd ist so nass geschwitzt, dass ich es auswringen könnte. Ich besorge mir Servietten und wische meinen Oberkörper trocken, dann setze ich mich auf den Boden. Ich kann einfach nicht mehr.

Ingo schiebt unser Gepäck Meter für Meter voran. Ich krieche hinterher, ohne mich um die Blicke der Menschen ringsum zu kümmern. Zwanzig Meter vor dem Schalter läutet mein Telefon. Es ist der Tennislehrer. Das muss ein Ende haben.

»Ja, bitte«, sage ich.

»Endlich erreich i di!«

»Ja.«

»Ois okay bei euch?«

»Ja.«

»Du, i wollt dir zwa Sachen sagen. Ich hob di zogen.«

»Was?«

»Jo! I hob di gezogen, wie wir Namen zogen haben aus

dem Huat. Und i hätt für di betten sollen. Und i wollt dir sagen …«

»Na los, sag schon!«

»I wollt mi entschuldigen, i kann des net. I hab net bettet fia di, i hab gar net gwusst, was i da machen sollt. I glaub, i sollt dir das sagen.«

»Und das zweite?«

»Wos?«

»Du hast doch gesagt, du willst mir zwei Sachen sagen.«

»Ah so, jo.« Er lacht und druckst herum. »Du, sag … tätst du mir die Telefonnummer von deiner Schwester geben?«

Ich starre auf den schmutzigen Boden, keinen Meter von meiner Nase entfernt. Direkt vor mir kleben sieben zertrampelte Kaugummis, säuberlich in einer Reihe angeordnet. Ingo klopft mir auf die Schulter, weil wir wieder ein Stück vorrücken können.

»Die Nummer meiner Schwester?«

»Wie heißts denn eigentlich? Net amal des weiß i!«

»Wie heißt denn du eigentlich?«

»I? I bin der Adolf! Adi sagens zu mir.«

Irgendwo habe ich einen Travelgum gefunden, den ich mir mit zitternden Händen in den Mund stecke.

»Adi, ich darf ihre Nummer nicht hergeben, ohne sie zu fragen, das verstehst du, oder?«

Er ist enttäuscht, doch als ich ihm verspreche, ihn bald zurückzurufen, gibt er sich zufrieden. Ich lege auf und dämmere dem Schalter entgegen. Irgendwann ist es so weit, und Ingo erledigt alles. Ich mische mich nur ein, als es um die Platzvergabe geht, weil ich einen Sitz am Gang und weit vorne brauche, und den bekomme ich auch. Eingekeilt und weit hinten, das wäre in diesem Zustand mein Ende.

Durch die Securityschleuse kommen wir schneller. Ich habe fest damit gerechnet, sie würden uns gründlich filzen, denn ich bin es schon gewöhnt, dass die sogenannten Stichprobenkontrollen immer an mir vollzogen werden, was ganz klar darauf hindeutet, dass die Flughafenpolizei in Wahrheit *profiling* betreibt und es nur nicht zugeben will. Sie winken uns jedoch trotz meines ramponierten Gesichts anstandslos durch, worüber ich erleichtert bin, nicht nur wegen meiner Erschöpfung, sondern auch wegen Ingo, der sich immer wilder gebärdet und sogar über die Uniformen der Polizisten schimpft.

Die Abflughalle ist voller Menschen. So ein Getümmel habe ich lange nicht gesehen. Wir müssen uns mit Gewalt unseren Weg bahnen. Kinder brüllen, Erwachsene streiten sich, vor mir hat ein altes Ehepaar einander verloren, beide rufen hektisch den Namen des anderen und fuchteln entsetzt mit den Armen. Angesichts dieser Überfüllung verstehe ich, dass es so oft zu Massenpaniken kommt.

»Siehst du, die wollen auch alle weg«, zieht Ingo sein Fazit. »Sehr verständlich.«

An der einzigen Bar ist Selbstbedienung. Ich reihe mich in eine Schlange von mehr als zwanzig Leuten ein. Ingo verschwindet im Duty-Free-Shop. Mein Telefon läutet, es ist Tomy. Ich lasse es läuten. Ich habe wieder Fieber, ich kann nicht mehr reden, ich will bloß noch in diese Maschine steigen, auch wenn ich Angst habe abzustürzen.

Die Antibiotika fallen mir ein. Ich suche sie in meiner Handtasche, finde jedoch nur Unmengen von Broschüren aus Medjugorje. Ich kann Ingo sehen und rudere mit den Armen, um ihn auf mich aufmerksam zu machen. Zwecklos. Ich rufe ihn an.

»Wo sind die Antibiotika?«

Er löst seinen Blick einen Moment lang von dem Regal mit den Schnapsflaschen und schaut zu mir herüber. »Wie sehen die aus?«

»Eine Tablettenschachtel. Vier Ecken. Schrift darauf.«

»Könnten im Koffer sein.«

»Könnten?«

»Wenn sie nicht in deiner Tasche sind, werden sie im Koffer sein.«

»Ich verstehe. Okay. Was soll ich dir kaufen?«

»Ein Sandwich und ein Bier.«

»Schau dir mal die Schlange an.«

»Zwei Bier.«

Während ich mir die Beine in den Bauch stehe, sehe ich zu, wie sich Ingo an der Kasse des Duty-free-Shops ebenfalls die Beine in den Bauch steht. Ich kann deutlich erkennen, wie die Emotionen in ihm hochkommen, wie es unter seinem Auge zuckt, wie er die Umstehenden stumm und mit seinem Feuerblick in Grund und Boden verdammt. Ungefähr so habe ich mir immer den Teufelsgeiger Paganini vorgestellt.

In keiner der beiden Schlangen geht es spürbar voran. Ich schreibe meiner Frau eine SMS. Sie findet alles sehr lustig und freut sich, dass ich nach Hause komme. Vermutlich finden das alle meine Freunde lustig. Ich nicht.

Nach zwanzig Minuten suche ich gelangweilt in meiner Tasche nach einer Ablenkung. Außer den religiösen Erbauungsschriften und dem Laptop, den ich hier in der Menschenmasse nicht gebrauchen kann, finde ich nur ein Tantramagazin, das mir Ingo irgendwann untergejubelt haben muss. Ich fische eine der Broschüren heraus.

Eucharistischer Hymnus

Refrain: Nehmet den Leib des Herrn, trinket an der Quelle des Lebens.

Wir beten an den heiligsten Leib Christi, des Lamm Gottes, den heiligsten Leib dessen, der sich für unser Heil dahingegeben hat.

Den heiligsten Leib dessen, der seine Jünger beschenkt hat, mit den Geheimnissen des Neuen Bundes.

Den heiligsten Leib, durch den wir das unblutige Opfer empfangen haben, den heiligsten Leib des Hohenpriesters, der über die Himmel erhoben ist.

Den heiligsten Leib, der die Sünderin freigesprochen hat, den heiligsten Leib, der uns durch sein Blut reinigt.

Den heiligsten Leib, der die Füße seiner Jünger mit Wasser gewaschen hat, den heiligsten Leib dessen, der ihr Herz mit dem Geist gereinigt hat.

Die fassungslosen Blicke der Frau, die neben mir steht, geben mir den Rest. Ich nehme mein iPhone und mache mich bei Angry birds auf Rekordjagd. Zusätzlich stecke ich mir Kopfhörer ein und drehe die Tindersticks laut auf.

Langsam rücke ich vor, sehr langsam. Gerade als Ingo neben mir auftaucht und mir anzeigt, dass er uns einen Platz suchen geht, komme ich an die Reihe. Ich bestelle zwei Sandwichs und vier Bier und nehme für mich einen Kaffee dazu. Das alles wird auf ein winziges Tablett vor mich hingeknallt, und so stecke ich die Sandwichs in die Tasche und balanciere Flaschen und Tasse durch einen Pulk genervter, schwitzender Menschen zu Ingo, der zwar keinen freien Tisch, aber immerhin einen Stehplatz von dem Durchmesser eines Quadratmeters ergattert hat.

Wir wechseln uns ab. Erst isst Ingo, und ich halte das

Tablett, dann bin ich mit Essen an der Reihe. Das Sandwich hat den Geschmack und die Konsistenz eines Tafelschwamms. Geredet wird nicht viel. Meine Nase schmerzt nun mehr als nach dem Aufwachen. Ich spüre das Fieber, aber es ist nicht so hoch wie gestern. Und ich schwitze stark, was mich deprimiert, weil ich das Gefühl habe, dass ich das schon seit Tagen, vielleicht seit Wochen unaufhörlich tue, ich muss gar kein Fieber dazu haben.

»Ingo, wie rieche ich?«

»Woher soll ich das wissen?«

»Schnupper mal!«

»Du könntest riechen wie ein brünftiger Elch, und ich würde es nicht merken. Hier stinkt alles und jeder!«

Ich kippe die bittere Brühe, die mir die Serviererin als Kaffee angedreht hat, in einem Zug hinunter und folge Ingo, der einen freien Lehnplatz an einem der Geländer erspäht hat. Die Situation scheint immer schlimmer zu werden. Ringsum stehen, drängen, hüpfen Männer und Frauen, auch Familien mit Kindern. Es gibt Tumulte, es gibt Geschrei, es gibt Handgreiflichkeiten. Die Leute wischen sich die Stirn und fächeln sich Luft zu.

Ein Mann löst sich aus der Schlange vor dem Büfett und läuft zu seinem Gate, wo das Bodenpersonal das Boarding bereits beenden will. Er knallt der Frau in Uniform seinen Boarding Pass auf den Schalter und brüllt: »Hier!« Die Frau reagiert entsprechend, und als sich der Deutsche noch mehr aufregt, nähern sich Securityleute. Im letzten Moment erkennt er den Ernst der Lage. Er brüllt etwas von Sauladen und verschwindet in dem Gang, der ihn zum Flugzeug bringt. Noch eine ganze Weile hört man ihn schreien.

»Wer könnte ihn nicht verstehen«, sagt Ingo verträumt.

Mir ist schwindlig und schlecht. Ich setze mich auf den schmutzigen Boden und sehe zu, wie Beine an mir vorbeistampfen. Ich atme tief ein und aus. Die Xanor wirkt nicht so, wie sie sollte. Ich habe Angst vor dem Flug, ich habe Angst vor einem Herzstillstand, ich habe Angst vor allem und jedem. Ich sehe ungepflegte nackte Füße. Ich höre Deutsche und Österreicher reden, sie sprechen grob. Mich ekelt es vor den Menschen. All die, die sich damit zufriedengeben, sich wie Tiere zu gebaren, widern mich an, und die, die sich im Göttlichen verlieren, können mir auch nicht helfen. Ich selbst widere mich am meisten an, verschwitzt, krank und planlos, wie ich bin.

Aus meiner Tasche hole ich mein letztes warmes Bier. Die Broschüren geraten mir erneut in die Finger. Ich widerstehe der Versuchung, eine herauszuholen und mich an weiteren Gottesgesängen zu erbauen. Ich will einfach nur leben. Oder vielleicht auch sterben, aber ich will definitiv nicht dieses Dazwischen.

»Ich frage mich, was die jetzt machen«, spricht Ingo zu mir herab. »Ob die gerade im Bus sitzen? Was sie sich wohl in diesem Moment ansehen? Oder gibt es gerade ein Schulungsvideo? Wird jemand zu Tode gefoltert? Weinen alle und freuen sich? Ohne uns?« Er reibt sich schadenfroh die Hände.

»Sag mir lieber, wie es Tanja geht«, krächze ich. »Steht sie schon mit dem Klinikkoffer an der Wohnungstür?«

»Siehst du, der muss ich schreiben.«

Er holt wahrscheinlich sein Handy aus der Tasche. Ich sehe nicht, was er tut, weil er oben ist und ich unten und ich für kein Geld der Welt meinen Kopf heben würde.

»Wahnsinn, sieh dir diese Uhren an«, sagt er. »Woher haben die Leute so viel Geld?«

»Fängst du jetzt auch schon an wie Dragica?«

»Ich bin kein Materialist und Tanja zum Glück auch nicht. Wenn Tanja die Wahl hätte zwischen einer Rolex um die 20 000 Euro und einem Abendessen um die 20 000 Euro, was glaubst du, was sie nehmen würde?«

»Na?«

»Sie nimmt das Essen«, sagt er energisch. »Und gut so.«

»Meine nimmt die Rolex«, sage ich. »Und gut so.«

»Weißt du was, ich glaube, ich habe mich nüchtern gesoffen.«

»Ich mich auch«, sage ich zu seinen Oberschenkeln. »Das kommt vor.«

»Ich treibe uns noch was auf.«

Ich bleibe allein zurück. Ich schreibe eine SMS an meine Frau. Ich schlinge die Arme um die Beine, lege den Kopf auf die Knie und döse weg.

Von der Kälte erwache ich. Ingo hält mir eine Flasche Bier an die Schläfe. Erst jetzt merke ich, dass mir vom Schlag der Pistole an der Stirn eine Beule gewachsen ist. Ich nehme die Flasche und presse sie mir dagegen. Wie nebenbei trinke ich das Bier, die Xanor wirkt endlich.

Ingo bringt mir noch eine Flasche. Wie durch Schaumstoff höre ich ihn reden, und es dauert eine Weile, bis ich den Sinn seiner Worte erfasse.

»Blasensprung. Auf dem Weg ins Krankenhaus.«

»Mach keinen Scheiß«, sage ich.

»Da, lies!«

Es stimmt. Tanja wurde gerade ins Krankenhaus gebracht. Alles ist so weit in Ordnung, aber sie kriegt demnächst ihr Kind, und ich habe einen hüpfenden Gorilla über mir.

»Ingo, das dauert! Bei uns waren es vierzehn Stunden vom Blasensprung bis zur Geburt! Du kommst rechtzeitig!«

»Ja, wenn dieser Flieger pünktlich ist!«

»Wieso sollte er das nicht sein?«

»Weil hier kein Flieger pünktlich ist! Schau doch mal auf die Anzeigetafeln! Delay, delay, delay! Halbe Stunde hier, eine Stunde da, eine Dreiviertelstunde dort, bei uns werden es zwei Stunden sein! Nehmen wir ein Taxi? Im Ernst, nehmen wir ein Taxi!«

»Ganz ruhig jetzt. Rechne nach. Du bist selbst mit einem verspäteten Flugzeug schneller als mit einem Taxi.«

»Nicht, wenn das Flugzeug ausfällt!«, brüllt er und tippt wild an seinem Handy herum.

»Es wird nicht ausfallen!«

»Herrgottnochmal«, schreit er, »mein ganzes Leben besteht aus Warten! Ich warte auf mein Flugzeug, ich warte auf mein Gepäck, ich warte auf Fototermine, ich warte auf das Essen im Restaurant, ich warte auf meinen Kaffee, ich warte darauf, dass ich die Kinder aus der Schule holen darf, ich warte auf Tanja, ich warte auf Verwandte, ich warte auf die Post, ich warte auf Anrufe, ich warte auf ganz normale Dinge, die längst passiert sein sollten, aber nicht passiert sind, das ist mein Leben, warten und warten und wieder warten!«

»Jetzt krieg dich mal …«

»Ich muss mich ablenken!«

Er schnappt sich den Clever & Smart-Band aus meiner Tasche und setzt sich neben mich auf den blanken Boden.

Ganz reizend. Und womit lenke ich mich jetzt von mir selbst ab? Alles, was ich noch habe, sind die erbaulichen

Schriften in der Tasche. Genau genommen wäre es viel sinnvoller, wenn Ingo die lesen würde und ich den Comic.

Botschaft der Gospa vom 2. Januar:
Liebe Kinder! Heute rufe ich euch mit vollem Vertrauen und großer Liebe auf, mit mir zu kommen, denn ich möchte euch mit meinem Sohn bekannt machen. Habt keine Angst, meine Kinder, ich bin hier bei euch, ganz nahe bei euch. Ich zeige euch den Weg, wie ihr euch selbst und anderen verzeihen und mit aufrichtiger Reue im Herzen vor dem Vater knien könnt. Lasst alles in euch absterben, was euch daran hindert zu lieben und gerettet zu werden, damit ihr bei Ihm und in Ihm sein könnt. Entscheidet euch, einen neuen Anfang zu machen, einen Anfang mit ernsthafter Liebe, die Gott selbst ist. Ich danke euch.

Ich frage mich, ob Ingo insgeheim dafür betet, dass mit Tanja und dem Kind alles glattgeht. Er sieht nicht gut aus, er muss dringend abgelenkt werden. Wenn ich ihm jetzt aber sage, dass er mit aufrichtiger Reue im Herzen vor dem Vater knien soll, fange ich mir garantiert einen linken Haken ein. Also lege ich ihm die Broschüre auf die Seite des Comics, die er gerade aufgeschlagen hat und wo der Prälat bei Mister L eintrifft, um die moralischen Gepflogenheiten des Geheimdienstes zu untersuchen.

»Lies mal. Wieso sagt die immer dasselbe?«

»Na, stell dir vor, du müsstest dreißig Jahre lang erscheinen und Botschaften verkünden.« Ingo schiebt das Blatt ungelesen zur Seite. »Da fällt dir irgendwann auch nichts Neues mehr ein.«

»Aber die sollte doch mehr zu sagen haben als ein gewöhnlicher Sterblicher«, versuche ich ihn aus der Reserve zu locken, denn ich hoffe, vielleicht doch noch das Knien vor dem Vater anbringen zu können. Der Tropf geht jedoch nicht darauf ein und liest weiter seinen Comic.

»Hier, schau dir das mal an!« Ich zeige ihm eine Überschrift.

Die Fastenzeit erinnert uns daran, dass das Leben des Christen ein ununterbrochener Kampf ist, in dem die Waffen des Gebets, des Fastens und der Buße eingesetzt werden.

»Stammt vom Papst persönlich!«

Ingo legt mir den Comic zwischen die Beine und steht auf.

»Ich sehe mal nach, wie es mit unserem Flug aussieht.«

Schon ist er weg, sogar seine Fototasche lässt er achtlos stehen. Ich ziehe sie mit dem Fuß an mich heran. Ivica würde sich freuen zu erfahren, dass ihr Inhalt an die 30 000 Euro wert ist. Ich schicke Tanja eine SMS, in der ich ihr alles Gute wünsche. Kurz darauf ist Ingo wieder da.

»Du glaubst es nicht«, ruft er, »wir sind überpünktlich! Wir können gehen! Boarding läuft schon!«

Wie ein Panzer zieht er eine Schneise durch die Menge, rechts und links fliegen die Leute, die er streift, nur so zur Seite. Ich, der hinter ihm läuft, bekomme ihre Empörung zu spüren. Was mir jedoch ziemlich egal ist, weil ich groggy bin und mir überdies die Botschaften der Jungfrau im Kopf herumschwirren.

Ich bin so konfus, dass es am Gate zu einem Missverständnis kommt. Die Frau vom Bodenpersonal wirft einen Blick auf meine Bordkarte, liest, reicht sie mir stirnrunzelnd und mit einem scharfen Blick auf meine Nase zurück und sagt in perfektem Deutsch: »Ihre Bordkarte, bitte.« Ich schaue auf das, was ich für den Computerausdruck meiner Karte gehalten habe, und lese:

Botschaft vom 25. 09. 2007
Liebe Kinder! Auch heute rufe ich euch alle auf, dass eure Herzen mit noch glühenderer Liebe zum Gekreuzigten lodern, und vergesst nicht, dass Er aus Liebe zu euch Sein Leben hingegeben hat, damit ihr gerettet seid. Meine lieben Kinder, meditiert und betet, damit euer Herz sich für die Liebe Gottes öffne. Danke, dass ihr meinem Ruf gefolgt seid.

Mit verlegenem Lächeln stecke ich die Botschaft der Jungfrau weg. Die Bordkarte finde ich in der Brusttasche meines Hemdes, das mir klamm am Leib klebt. Ich darf passieren. Meine freundlichen Blicke nützen nichts, denn als ich mich umdrehe, sehe ich, dass die Frau am Schalter einem Kollegen neben ihr etwas zuflüstert. Dieser schaut mir besorgt hinterher und sagt etwas in sein Funkgerät.

Ich stolpere hinter Ingo durch den muffigen Schlauch, der direkt in das Flugzeug führt. Das Geräusch der Turbinen lässt nicht wie üblich meinen Puls steigen, dazu bin ich viel zu matt, ich habe das Gefühl, ich könnte im Stehen einschlafen.

Vielleicht bilde ich es mir an, doch die Flugbegleiterinnen sehen mich sehr sonderbar an. Ich ignoriere ihre Blicke und arbeite mich zu meinem Platz vor. Ingo sitzt am Fenster, ich sitze am Gang. Er schreibt eine SMS nach der anderen.

»Glaubst du, dass die jetzt Zeit hat, die alle zu lesen?«

»Die gehen nicht an Tanja, die gehen an Verwandte.

Mutter, Schwester, Oma, andere Schwester, da müssen alle informiert werden. Herrgott, wann startet dieses Scheiß-Flugzeug endlich?«

Er trampelt mit den Füßen auf dem Boden herum, trommelt gegen den Vordersitz und schnaubt einen Fluch auf die Klimaanlage über ihm, die sich nicht abdrehen lässt. Ich bemerke wieder die Blicke der Flugbegleiterinnen.

»Wenn du in diesem Flugzeug bleiben willst, solltest du jetzt Ruhe geben.«

»Wieso Ruhe geben? Ich gebe doch Ruhe! Wo gebe ich nicht Ruhe?«

Ich lege ihm einen Erbauungszettel auf den Schoß, er wirft ihn mir zurück.

»Wo hast du den ganzen Ramsch her?«, ruft er.

»Von dir! Den hast du mir untergejubelt!«

»Ich hab dir gar nichts untergejubelt! Wieso sollte ich dir etwas unterjubeln? Noch dazu so was!«

»Du hast sie mir in die Handtasche gesteckt. Lieber wären mir Antibiotika und Bücher gewesen. Und Ruhe jetzt, wir starten gleich! Mach dir keine Sorgen um Tanja.«

»Ich mache mir keine Sorgen um Tanja! Ich mache mir Sorgen um mich! Ich will einfach hier weg, das ist alles!«

Er zieht meinen Comic aus der Netzablage. Ich weiß, ich kann erst schlafen, wenn wir auf die Startbahn rollen, und nicht, solange mir ständig Mäntel über den Kopf streifen und Handtaschen ins Gesicht geschlagen werden. Und weil ich alles lesen kann außer dem furchteinflößenden Informationsblatt mit den Sicherheitstipps für den Fall einer Notlandung, kehre ich notgedrungen zu meinen geistigen Schriften zurück.

Sogar während sie vorführt, wie man bei Druckabfall

die Sauerstoffmaske über das Gesicht ziehen sollte, beäugt mich die Flugbegleiterin misstrauisch. Oder bilde ich mir das bloß ein? Ich weiß es nicht. Ich weiß nur, dass ich diese Maske mit meiner schmerzenden Nase sowieso nicht über das Gesicht ziehen könnte.

Mit dem Herzen Leben
Auswahl von Zitaten von Pater Slavko

- *Wir sind bereit, Jesus zu folgen, aber unter der Bedingung, dass er die Last des Erduldens von unserem Rücken nimmt. Aber das ist genau das Gegenteil von dem, was er sagt und was Maria uns lehrt. Unser Gebet müsste jedoch vor allem ein Gebet um Kraft sein, unsere Kreuze zu tragen, wie Jesus sein Kreuz getragen hat.*
- *Eine geliebte Person wird nie alt, wird nie langweilig und leblos, wiederholt sich nie, auch wenn sie alles gleich tut.*
- *Ein Mensch, dem nichts mehr neu ist, ist ein toter Mensch, und das Leben ist ihm schwer geworden, wenn nicht unmöglich. Es muss nichts Neues geschaffen werden. Man muss nur sein Verhältnis zu Gott, den Menschen und Sachen und dem Leben überhaupt erneuern. Mit anderen Worten: man muss das tägliche Wunder entdecken, ein Wunder, das unter uns geschieht.*

»Weißt du, dass dieser Pater Slavko intelligenter war als die Gospa?«, frage ich Ingo.

»Das ist mir völlig egal. Wann geht es los?«

»Jetzt. Zumindest steigen keine Passagiere mehr zu. Gute Nacht. Wenn du aufs Klo musst, klettere über mich drüber.«

Ich schlafe ein, ich schlafe gut, ich schlafe, bis mich Ingo aufweckt.

»Wir drehen seit zwanzig Minuten Schleifen«, berichtet er.

»Sind wir schon über Wien?«

»Nein, eben nicht.«

»Und warum weckst du mich dann?«

»Weil das nicht normal ist.«

»Machst du dir Sorgen?«

»Nein.«

»Also was willst du dann von mir?«

Ich ziehe mir meine Jacke über den Kopf.

»Zwanzig Minuten Schleifen. Irgendwo im Nichts.«

Ich stecke den Kopf noch einmal unter der Jacke hervor.

»Ingo, bitte trink ein Bier. Lies den Comic. Nur bitte, bitte lass mich schlafen. Bitte!«

»Das Heft habe ich längst durch. Mir ist langweilig.«

Er springt auf und nieder und rüttelt am Vordersitz.

»Okay, hier. Spiel ein paar Level Angry birds.«

Ich gebe ihm mein iPhone. Ingos Vordermann, der sich gerade über die Rüttelei beschweren wollte, kräht mit einem Schweizer Akzent:

»Das ist verboten! Ein eingeschaltetes Handy ist an Bord verboten!«

Ich halte es in seine Richtung. »Wissen Sie, was ein Flugmodus ist?«

»Es ist verboten, du Arschloch! Schalte es aus!«

Ich winke ab, drücke Ingo mein Handy in die Hand und vergrabe mich wieder unter meiner Jacke.

»Ich habe selbst ein iPhone, falls es dir aufgefallen ist«, sagt Ingo. »Ich will nicht spielen. Ich –«

»Ist deines auch nicht ausgeschaltet?«, empört sich der Schweizer.

»Hast du nicht einen Gebetszettel für ihn?«, fragt Ingo.

»Macht nicht so auf cool hier, ihr Arschlöcher!«, ruft der Schweizer. »Das ist gefährlich! Ein Flugzeug kann abstürzen …«

»Aber nicht wegen unseren Handys!«, schreit Ingo.

Ich drücke Ingos Arm, damit er sich ein wenig beruhigt. In diesem Moment kommt eine Durchsage des Kapitäns, erst auf Kroatisch, dann auf Englisch. Es gibt Gewitter über Wien, deshalb mussten wir eine Weile warten. Jetzt geht es weiter, doch wenn sich die Lage nicht bessert, landen wir in Graz und werden mit Bussen nach Wien gebracht.

»Ich steige sicher in keinen Bus«, sagt Ingo. »Ich nehme ein Taxi. Ich fahre nie wieder mit einem Bus.«

»Ich habs gewusst«, sage ich. »War mir völlig klar, dass mit diesem Flug etwas nicht stimmen wird.«

»Schaltet ihr jetzt endlich eure Handys aus, ihr Schweine?«, ruft der Schweizer.

Ich stecke den Kopf unter die Jacke und höre nicht zu, was Ingo ihm alles an Freundlichkeiten entgegnet. Ich denke an all das, was ich in Medjugorje erlebt habe, und bin ein wenig traurig, weil ich nicht klüger bin als vor meiner Reise. Ich denke an die Geschichte mit dem Pater und dem Ungläubigen im Flugzeug, die so erfunden klingt, dass sie schon wieder wahr sein könnte, obwohl ich das nicht glaube. Gerade als ich mir vorstelle, wie 356 Menschen in einem Flugzeug aufstehen und »Jesus, Jesus!« schreien, beginnt unsere Maschine heftig zu wackeln.

»Jesus!«, schreit der Schweizer.

Ich bleibe unter der Jacke und lache verzweifelt.

»Ingo, lass uns die Handys ausschalten. Der Kerl tut mir leid.«

»Mir auch«, blafft Ingo.

»So meine ich es nicht. Ich meine, Angst zu haben ist nicht lustig. Schalten wir sie aus.«

»Und ich? Ich habe auch Angst! Ich habe Angst vor DEM da! Wer schützt mich denn vor so einem Typen?«

Ich strecke den Kopf heraus. »Ingo, der tut dir bestimmt nichts.«

»Da wäre ich mir nicht so sicher.«

»Ingo, sogar die Frau neben ihm ist stärker als er. Du bist der stärkste Mensch in diesem Flugzeug. Er kann dir nichts tun.«

»Davon rede ich ja gar nicht. Der spinnt, hast du das nicht gemerkt? Vor den Spinnern muss man sich in Acht nehmen.«

Mit spitzen Fingern zieht er eine Broschüre aus meiner Tasche. »Die da! Solche meine ich! Was steht denn da?«

»Jetzt lass es gut sein! Hände weg! Schalt dein Handy aus!«

Ingo schaltet sein Handy aus, legt sich jedoch erneut mit dem Schweizer an. Ich verstecke mich unter der Jacke und konzentriere mich darauf, dass mir nicht übel wird.

Es geht rauf und runter, aber bedrohlich finde ich die Lage nicht. Zwar muss ich an einige Abstürze unter ähnlichen Umständen denken, die ich bei *Mayday – Alarm im Cockpit* gesehen habe, doch die Xanor wirkt, oder die Böen sind noch nicht stark genug, um meiner Sedierung entgegenzuwirken. Sorgen macht mir nur die Gospa. Sie hat mich schon mit dieser grauenhaften Angina von ihrem Berg ferngehalten und schließlich aus Medjugorje verscheucht.

Obwohl, wahrscheinlich gibt es Irre, die selbst derart krank auf einen Berg steigen. Mich würde interessieren, was dem armen Pater Slavko gefehlt hat.

Ob Pater Slavko mal geflogen ist? Ob er Flugangst hatte? Ob die Seher ihre 17.30-Uhr Visionen auch im Flugzeug haben, wenn sie unterwegs sind? Nach welcher Zeitzone richtet sich die Gottesmutter dann? Wieso muss man überhaupt fliegen?

»Ingo, wenn wir abstürzen –«

»Keine Angst, du wirst der Gospa bestimmt nicht begegnen.«

Er fängt wieder ein Scharmützel mit dem Schweizer an.

»Jetzt lass die Dumpfnuss da vorn endlich in Ruhe!«, sage ich.

»Ich? Er lässt mich nicht in Ruhe!«

»Er ist nervös. Lass ihn einfach.«

»Ich bin auch nervös!«, brüllt er, gibt aber erst einmal tatsächlich Frieden, wenn man vom üblichen Getrommel und Getrampel absieht.

Ich bin so müde, dass ich sogar unter diesen Umständen wieder einnicke. Ich spüre, wie es mit dem Flugzeug rauf und runter geht, aber es ist mir gleichgültig. Seit Stunden kommt die Ruhe in Wellen. Mal bin ich nervös, mal weggetreten. Ich führe das auf die Mischung von Alkohol und Beruhigungstabletten zurück, die sich in meinem Organismus einen Kampf liefern.

»Jesus!«, schreit der Schweizer.

Ich strecke den Kopf aus meiner Jacke und schaue verschlafen aus dem Fenster. Es ist stockfinster, rund um uns zucken Blitze. Wo es aufklart, ist heftiger Regen zu sehen.

»Wo sind wir?«

Ingo kommt nicht dazu zu antworten, denn der Pilot macht eine Durchsage, diesmal nur auf Englisch. Die Gewitter sind zurück am Flughafen Wien, doch der Ausweichflughafen Bratislava ist geschlossen, und um einen anderen zu erreichen, haben wir nicht mehr genug Sprit. Wir gehen jetzt runter.

»Allmächtiger«, sagt der Schweizer.

»Klingt super«, sagt Ingo.

»Machen Sie sich keine Sorgen«, sage ich zum Schweizer. »Ich habe Flugangst, ich kenne mich aus.«

Er sieht mich über die Schulter hinweg erstaunt an, allerdings nur kurz, dann steckt er seine ineinander verkrampften Hände wieder zwischen die Oberschenkel.

»Wollen Sie telefonieren?«, fragt Ingo und zieht sein Handy heraus. »Vielleicht noch mal jemanden anrufen …«

Ich nehme ihm das Telefon weg und entschuldige mich bei dem Schweizer, der uns als Arschlöcher beschimpft. Ich schalte meinen iPod ein. Selbst durch die Musik hindurch vernehme ich die zunehmende Unruhe unter den Passagieren. Ich habe das Glück, so stoned zu sein, dass mich die Situation keineswegs beunruhigt. Ich weiß einfach, dass alles gut wird. Wenn da nicht die Gospa wäre, würde ich einschlafen und erst wieder erwachen, wenn das Flugzeug steht. So bleibt ein Rest Unsicherheit.

Es würde verdammt gut passen. Geboren in Graz, gestorben in Medjugorje. In Medjugorje bin ich ihr entwischt, aber aus diesem Flugzeug kann ich nicht raus, hier hat sie mich in der Hand, und technisch gesehen bin ich nach wie vor in Medjugorje, denn die Wallfahrt ist noch nicht zu Ende.

Ingo zieht seine Kamera heraus und macht Fotos von

dem Spektakel, das sich rund um das Flugzeug abspielt. Einmal knallt ihm ein Luftloch den Apparat gegen das Kinn. Er steckt die Kamera weg und schießt mit dem Handy weitere Fotos.

Plötzlich geht es steil abwärts. So steil, dass mir die Xanor auch nicht mehr viel hilft. Ich murmle ein kurzes Gebet, das ich seit Jahren vor Start und Landung spreche, und bekomme schwitzige Hände. Der Schweizer schreit, was die Sache nicht besser macht.

Ich winke einer Flugbegleiterin, damit sie sich um den Mann kümmert. Tatsächlich treibt sie einen anderen Platz für die Frau vor mir auf und setzt sich neben den Schweizer. Wegen der Musik verstehe ich nichts von ihrer Unterhaltung, aber ich nehme an, sie redet beruhigend auf ihn ein. Ich drehe die Musik noch lauter, und ich höre das aggressivste Zeug, das ich in der Eile finden kann. Ingo macht Fotos, von draußen, von den Passagieren, von mir, von sich selbst.

Er rüttelt mich. Ich schalte die Musik aus.

»Wir sollten unsere Pilgerpässe umhängen«, sagt er. »Vielleicht nützt es was.«

Ich konzentriere mich darauf, keine Angst aufkommen zu lassen, und wiederhole mein Gebet, sicher ist sicher. Den Gurt schnalle ich etwas fester, die Tasche schiebe ich mit den Füßen unter den Vordersitz. Die zweite Flugbegleiterin schwankt über den Gang und kontrolliert, ob alle Gurte geschlossen, alle Sitze in der richtigen Position und alle Tischchen hochgeklappt sind. Ihr Lächeln strahlt Gelassenheit aus. Sie bittet die Kollegin, die immer noch vor mir bei dem Schweizer sitzt, ihr zu helfen. Der Wind verpasst dem Flugzeug eine heftige Ohrfeige, und ich bekomme den Hintern der ersten Flugbegleiterin ins Gesicht. Für große

Entschuldigungsszenen hat sie keine Zeit, sie turnt nach hinten weiter.

Plötzlich fällt das Licht aus. Ich versuche, das Licht über meinem Sitz einzuschalten, es geht nicht.

»Himmel hilf!«, schreit der Schweizer.

»Der kann einen schon nervös machen«, raune ich Ingo zu.

»Was? Wer kann einen nervös machen?«, schreit Ingo.

»Du!«, schreie ich.

Im nächsten Moment geht es abwärts. Kein Sturzflug, aber die Maschine senkt die Nase und bohrt sich nach unten in eine Wolke, so dass ich den Eindruck habe, mein Magen würde gegen meinen Kehlkopf schlagen. Eine Frau irgendwo hinter mir schreit, ein Mann auf der anderen Seite wimmert, ansonsten ist es gespenstisch still. Ich habe so etwas schon mal erlebt, auf einem ziemlich wilden Flug von London nach Wien, und rede mir ein, das hier sei nichts Außergewöhnliches. Tatsächlich hebt sich die Nase des Flugzeuges wieder, und meine Hände entkrampfen sich.

»Alles okay?«, fragt Ingo.

»Teils, teils.«

Plötzlich ist das Licht wieder da. Den Schweizer beruhigt das hörbar, er preist den Herrn.

»Der musste ja vor uns sitzen«, sage ich.

»Unsinn«, sagt Ingo. »In jeder zweiten Reihe sitzt so einer. Wetten?«

»Das stimmt nicht. Es ist ein kosmisches Gesetz, dass die Abnormsten in meiner Nähe sitzen. Ich habe Einsteins kosmologische Konstante gefunden.«

Der Schweizer wimmert. Ich schnalle mich ab und setze mich neben ihn.

Ingo lacht laut auf. »Was wird das jetzt?«

»Was willst du hier?«, blafft mich der Schweizer an, die Faust halb im Mund.

Ich schnalle mich fest. »Ganz ruhig. Ruhig atmen.«

»Was machst du da?«

»Ruhig atmen! Ein – aus. Ein – aus. Ein – aus. Mein Telefon ist abgeschaltet. Seines auch. Ein – aus. Ein – aus. Ich verspreche Ihnen, dass hier nichts schiefgeht. Wissen Sie, was einem Flugzeug Probleme macht, wenn es durch ein Gewitter fliegt? Die Blitze? Irrtum. Die sind dem Flugzeug egal, so wie sie dem Auto egal sind, mit dem Sie durch den Kanton Uri fahren. Hat mir immer schon im Kreuzworträtsel gefallen, Schweizer Kanton mit drei Buchstaben.«

»Du Scheißkopf«, sagt der Schweizer und starrt mich fasziniert an.

»Dem Flugzeug ist auch der Regen egal. Dem Flugzeug sind die Winde bis zu einer gewissen Stärke egal, hier oben sowieso, die sind nur bei der Landung relevant. Das einzige, was dem Flugzeug gefährlich werden kann, ist Hagel. Das weiß der Pilot, und er weiß, wo eine Hagelwolke ist und wo nicht. Deshalb fliegt er um die Hagelwolken herum. Hier ist weit und breit kein Hagel, hier geht bloß ein bisschen Wind. Und wenn es blitzt, dann denken Sie sich: ›Gott fotografiert seine Heiden.‹«

Der Schweizer starrt mich weiter an, sagt jedoch nichts.

»Ein – aus. Ein – aus. Ein – aus.«

Der Schweizer beginnt mitzuatmen. Die Flugbegleiterin kommt vorbei und lächelt mich an. Sie öffnet den Vorhang zwischen Business und Economy und setzt sich auf ihren Platz.

»Sehen Sie, der Vorhang muss offen sein. So wie die Fensterklappen offen sein müssen, daher müssen Sie Ihre gleich wieder öffnen, das ist nämlich verboten. Wollen Sie wissen, wieso die offen … nein, wollen Sie nicht. Ja, so ists recht. Huch, hoppla, verdammt …«

Nun geht es wirklich steil abwärts. Mein Herz schlägt wild. Ich lächle den Schweizer krampfhaft an, aber er ist mit Atmen beschäftigt und schaut auf die Kotztüte in seiner Hand.

»Na, da haben sich zwei gefunden«, tönt es von hinten.

Ich zeige Ingo den Mittelfinger. Er wiehert vor Lachen. Kurz muss ich mitlachen, aber dann bockt das Flugzeug wieder, und ich kann durch das Fenster eine eindrucksvolle Blitzlandschaft erkennen. Leuchten, so weit das Auge reicht. Überall zucken Blitze über eine schwarze Leinwand. Die Turbinen brummen auf.

»Was ist das?«, stößt der Schweizer hervor.

»Atmen Sie. Atmen. Der Pilot gibt Zwischengas, damit wir nicht zu langsam werden. Wir landen gleich. Schauen Sie nach unten. – Mamma mia!« Es geht wieder in schneidigem Winkel Richtung Erdboden.

»Der war früher wohl Kampfflieger«, sage ich zornig.

Der Schweizer stöhnt. Ein paar Kinder weinen. Eine Frau auf der anderen Gangseite betet. Eine Bierstimme brüllt: »Aux armes! Nous sommes Sankt Pauli!«

»Halts Maul!«, kreischt der Schweizer.

Ich merke, lange halte ich diese Episode aktiver Empathie nicht mehr aus, das verdammte Ding soll landen. Mit diesen Gedanken im Kopf schaue ich wieder aus dem Fenster und sehe endlich Häuser, Straßen, Autos. Wir sind kaum tausend Meter über dem Boden.

Die Flugbegleiterin kommt noch einmal vorbei. »Alles okay mit Ihnen?«

Ich warte, dass der Schweizer etwas sagt, doch der schaut mich groß an und ist still. Ich hebe den Kopf und merke erst jetzt, dass die Flugbegleiterin mit mir spricht.

»Mit mir? Ja, klar. Alles okay. Alles gut!«

»Brauchen Sie etwas? Nein? Tief atmen, nicht vergessen, so ists recht.«

Sie verschwindet nach hinten, und ich bin still. Ich spreche mein Gebet und warte. Das Flugzeug wird gerüttelt, sinkt, wird gerüttelt, sinkt. Ich denke an die Liebe, das ist ein wichtiger Teil meiner mentalen Vorbereitungen auf Start und Landung. Liebe als Prinzip, Liebe als bewusste Entscheidung, das ist es, woran ich in solchen Situationen denken will.

»Tief atmen«, sagt der Schweizer zu mir. »Alles wird gut.«

Irgendwann setzt das Flugzeug weich auf. Die Passagiere klatschen, das habe ich auch erst zweimal erlebt. Ich fühle mich zu schwach, um mitzuklatschen. Der Schweizer fasst meine Schulter.

»Alles okay, Kollege?«

»Ja … ja, mir geht es gut, danke.«

Ich nehme wahr, dass sich Ingo und der Schweizer über mich unterhalten. Ich kriege kaum etwas mit, ich habe das Gefühl, dass ein schweres Gewicht auf meiner Brust liegt. Beinahe schlafe ich ein. Das Flugzeug rollt und rollt und rollt, schließlich kommt es mit einem Ruck zum Stillstand, die Verschlüsse der Gurte klacken, Handys piepen, die Menschen um mich erheben sich, ich tue es ihnen gleich.

Die Busfahrt zum Terminal erlebe ich nicht mit. Erst auf dem Weg zum Rollband komme ich wieder zu mir. Neben mir schultert Ingo seine Fototasche.

»Alles okay?«

»Alles bestens«, lalle ich.

»War nett, wie du dich um den Mann gekümmert hast.«

»Hrrrr«, sage ich.

Ingo schreibt eine SMS, dann beginnt er eine lange Rede über sein Verhalten in Flugzeugen, von der ich nur jeden vierten Satz verstehe. Wir warten am Rollband, er spricht, ich schreibe meiner Frau eine SMS. Der Schweizer stellt sich zu uns.

»Wo müsst ihr hin?«

Wir nennen ihm die Bezirke. Sein Hotel liegt auf dem Weg zum Krankenhaus, in dem Tanja ist. Ingo nimmt ihn mit. Ich entscheide mich für die Busfahrt zum Westbahnhof. Erstens bin ich noch nie mit dem Bus in die Stadt gefahren, zweitens erkenne ich plötzlich, dass diese Reise mit einer Busfahrt enden muss, und drittens gefällt mir der Gedanke, dass der Bus genau dort stehenbleibt, wo wir vor ein paar Tagen losgefahren sind.

Draußen schüttet es. Die kühlen Böen sprühen mir Regentropfen ins Gesicht, die Luft ist schwer, es rumpelt und donnert und blitzt. Ich atme tief ein und aus.

Dem Schweizer gebe ich die Hand. Ingo und ich umarmen uns. Ich wünsche ihm und Tanja alles Gute.

»Schickst du mir eine SMS, wenn es vorbei ist?«

»Kriegst sogar ein Foto.«

Die beiden machen sich auf zum Taxistand. Ich schiebe meinen Koffer in den Kofferraum und steige in den Bus.

Zwei Minuten darauf krächzt der alte Motor auf. Ich sitze in einer der hinteren Reihen und kann gar nicht das Unwetter genießen, das mit voller Wucht über uns niedergeht und den Fahrer dazu zwingt, mit fünfzig Stundenkilometern über die Autobahn zu tuckern, denn ich habe keinen Travelgum mehr und muss den Kopf gerade halten.

Hinter mir begeistert sich ein altes britisches Ehepaar für die Blitze. Vor mir muss ein kleiner Junge getröstet werden, er verkriecht sich in der Achsel seiner Mama. Er tut mir leid. Ich würde ihm gern etwas Gutes tun. Ich suche in meinen Taschen, aber ich habe nichts, was ich ihm geben könnte. Er schaut leider nicht zu mir nach hinten, sonst hätte ich es mit einem Fingerkunststück versucht.

Als wir auf den Gürtel einbiegen, endet der Regen plötzlich, und es kommt sogar die Sonne raus. Ich verrenke mir den Kopf, doch die Häuser sind im Weg, und ich kann keinen Regenbogen sehen. Am Westbahnhof lasse ich alle aussteigen, erst dann kämpfe ich mich aus meinem Sitz hoch.

Meine Beine sind wie aus Watte. Ich bin todmüde. Mein Kopf tut weh, meine Nase tut weh und blutet wieder, und ich habe Fieber. Wäre ich ein iPhone, wäre meine Akkustandsanzeige ein schmaler roter Strich. Ich stehe dort, wo ich vor drei Tagen um sechs Uhr morgens gestanden bin. Allein. Ich denke an die Menschen, die ich kennengelernt habe, an den Reiseleiter, an den Kappenmann, an die Fundamentalistinnen, an Schwester Annalinda Antilopa, an Ivica. Ein Satz von Jean Cocteau kommt mir in den Sinn, an den ich am Beginn der Reise gedacht habe, an den ich aber damals noch nicht glauben wollte: »Es ist nicht Gott, es ist der Teufel.«

Meine Frau schreibt mir eine SMS, ich schreibe zurück. Ich freue mich auf zu Hause, ich könnte jubeln. Ich freue mich auf meine Frau, ich freue mich auf mein Kind, ich freue mich auf meinen Schreibtisch und auf meine Bücher und auf meine Couch und auf mein Büro und auf meine Freunde. Es kommt mir vor, als sei ich sechs Wochen in Ostindien gewesen. Wo immer das ist.

Ich winke ein Taxi von der anderen Straßenseite heran. Der Fahrer zeigt mir an, dass er weiter vorne umdrehen wird. Ich stelle meinen Koffer bereit. Mein Blick fällt auf die Tasche. Der Reißverschluss steht halb offen, und ich sehe die zerknitterten Broschüren darin. Eine ragt heraus. Ich schiebe sie hinein, dabei lese ich den Text am Fußende der Seite.

»Es gibt nur ein Unglück: kein Heiliger zu sein.«

Leon Bloy

← Deutschland
WIEN
Österreich
GRAZ
SPIELFELD
Slowenien
Italien